村人Aは魔王の嫁です。

天野かづき

18637

角川ルビー文庫

目次

口絵・本文イラスト／陸裕千景子

「さすがにちょっと冷えてきたな……」

洞穴《ほらあな》の入り口で、空を見上げて、ルネは小さくため息をついた。密集した木々の隙間《すきま》にちらほらと星が見え始めている。

「これからどうしよ」

呟《つぶや》いた言葉に、答える者はいない。

当然だろう。ここは村では『禁忌《きんき》の地』とされている森だ。

村の裏にあるというのに、村人は一切《いっさい》足を踏《ふ》み入れようとしない。

人どころか獣《けもの》も立ち入らないというのがただの噂《うわさ》ではないらしいのは、これまでの経験からも分かっていた。そういう意味で、獣に襲《おそ》われる危険がないのはありがたい。その上、誰《だれ》も採らないため木の実や果物なども豊富だ。水場の場所も分かっている。

だが、人の立ち入らない森の中は木々の葉が密になっており、日中でも薄暗《うすぐら》い。日が落ちれば途端《とたん》に真っ暗になる。

ここに来るのはもう何度目か分からないほどだが、夜を明かしたことはなかった。

ほとぼりが冷めるのを待って、夜には家へと帰るのが常だったのだ。

だが……。

「あの調子だと、今夜は帰らないほうがいいよなぁ……」

ルネがここに来たのには理由があった。

簡単にいえば、ある男から逃《に》げてきたのである。

その男は、同じ村のディールという奴《やつ》で、歳《とし》もそれほど変わらない。いわゆる幼なじみと言ってもいい相手なのだが、ルネはこのディールが苦手だった。

表立って何かをされたというわけではない。

むしろ、ディールはルネに対して好意的だ。誰にでも親切な男だが、ルネに対しては更《さら》にその傾向《けいこう》がかなり強い。

だが、ルネはその好意が最近なんとなく間違《まちが》ったほうに向いている気がしてならなかった…。

妙《みょう》にねっとりしているというか、べっとりしているというか——はっきり言うと身の危険…いや、貞操《ていそう》の危険さえ感じるのだ。

しかも都合の悪いことに、ディールは村長の息子《むすこ》だった。

ルネはまだ十ばかりの頃《ころ》に、片親だった母が旅の途中《とちゅう》で立ち寄ったこのイルンという名の村で命を落とし、それ以来、村にも村長にも助けられて生きてきたという恩がある。

それに大人はともかく、村の娘《むすめ》たちは皆《みな》ディールの味方であり、そのディールにやたらと構われているルネは、何かと風当たりが強い。そんな状態で、ディールの好意に文句を言ったりなどルネにはできるわけもなかった。

「なんか、そう言うとこまで先輩《せんぱい》に似てるんだよなぁ……」

――――自分の、死亡原因になった先輩に……。

苦手意識があるのはそのせいかもしれない。

死亡原因、などというとルネがすでに死んでいるかのようだが、もちろんそうではない。

誰にも言ったことはなかったが、ルネにはこの世界に生まれる前の「前世の記憶《きおく》」がはっきりと残っている。つまり、中二病的に発言すると「異世界転生」というやつだ。

前世でのルネは、前原彼方《まえはらかなた》という名前の男で、地球という星にある日本という国のとある町で暮らしていた。

普通《ふつう》の両親と、普通の兄と妹が一人ずつという普通（繰《く》り返すが）の一般《いっぱん》家庭。

ただ唯一《ゆいいつ》「普通」ではなかったのは、「前原彼方」は何かおかしなフェロモンでも出ているのかと疑うレベルで「異常に男にモテる」という不幸を背負った人生だったということだ。

男にモテる――――いや、男にしかモテなかった、と言っても過言ではない。

死亡原因もこのせいで、ついには享年《きょうねん》二十歳《はたち》。大学の帰り道、ストーカーと化した高校からの先輩（男）に追いかけられて逃げている途中、交通事故で死亡という悲惨《ひさん》な最期《さいご》。

あまりにも不運な人生すぎて、今思い出してもルネは泣けてくるくらいだった。

「本当に酷《ひど》い死に方だったなぁ……」

なぜこんな前世のことなどを覚えているのか、ルネにも理由は分からない。

だが、妄想《もうそう》というには克明《こくめい》過ぎるそれは、これまでのルネの人生に大きな影響《えいきょう》を与《あた》えてきた。

例えば、文化レベルの違《ちが》いや、言語の違いなど、記憶があるせいでなかなか馴染《なじ》めなかったり、習得できなかったりと苦労した部分もある。

なんといっても、ここはまるでRPGやラノベの世界そのものなのだ。

魔王《まおう》が封印《ふういん》されたという話や、それを封印したとされる勇者の話が、物語やゲームなどではなく本当にある世界。――そんな世界で前世の記憶など持っていても（それも男にモテすぎで死んだなんて記憶）、一切役に立たないうえに、そんなことを言い出したらおかしな奴扱《やつあつか》いされるに決まっている。だからこそ、自覚とともにそれらを隠《かく》すことにもルネは必死だった。

ちなみにルネの今の立ち位置は、まさに「村人A」。

ゲームの中で『ここはイルン村だよ』という台詞《せりふ》だけを永遠に言い続ける、といった役どころが相応《ふさわ》しいくらいに「村人A」でしかない。いや、ぜひそうでありたいと思っていた。

間違っても前世のような、男に追いかけ回された挙げ句若くして訪《おとず》れる突然の死！　なんて悲惨な人生だけは絶対避《さ》けたい。だから今世では、ただひたすらに平凡《へいぼん》で代わり映《ば》えのしない日常をこつこつと過ごし、結婚《けっこん》して子どもをもうけ、天寿《てんじゅ》を全《まっと》うすることだけがルネの唯一の望みだった。

――なのに、またもや今世でもなぜか男に追いかけられる日々…。

大量の男に追いかけられていた前世と違い、幸い（?）にも現在の悩《なや》みの種はディールだけだったので安心していたのだが、ついにそのディールが強硬手段《きょうこうしゅだん》に出てきたのだ。

「結婚話がやっぱり原因なんだろうな……」

一つ年上のディールはもちろん、近頃《ちかごろ》はルネにも結婚の話が出始めている。

ディールもさすがに結婚すれば落ち着くだろうとルネとしては安心していたのだが、ディールは逆に焦《あせ》ったのかもしれない。

ここのところ、急に態度がおかしくなった。

隙《すき》あらば二人きりになろうとするし、機会がなければ家まで訪ねてきたりもする。

もちろん、ルネは相手がディールであれば一人で暮らす家へ招き入れたりはしない。居留守を使い、裏からこっそり出てこの森に潜《ひそ》んでいたことが何度もある。

だが、今日は事情が違った。

昼のうちに何人かで訪ねてきたはずが、夕方にちょっと手洗いに行って戻《もど》ると他《ほか》の人間はみんな帰っており、家に二人きりにされていたのである。

どう考えても、計画的な犯行だろう。

このままではおかしなフラグが立ってしまいそうだと、ルネは慌《あわ》てて家を飛び出してきたのだ。もう夜になるというのに、灯《あか》りも持たずに森へと足を踏み入れたのはそういう理由だ。

「さすがに勝手に泊《と》まってくってことはないだろうから、もう少ししたら帰るか……いや、いっそ朝まで待ったほうが安全だよなぁ……やっぱり」

暗い森を歩くのは、獣がいなくとも危険だろう。もうすこし月が高くなれば違うかもしれないが……。

「野宿するなら、夜露《よつゆ》くらいは凌《しの》いだほうがいいよな」

静寂《せいじゃく》がさすがに怖ろしく思えて、ルネは敢《あ》えて声に出してそう言うと、背後に続いている洞穴へと目を向けた。

いつもはこの入り口付近より奥に入ったことはなかったが、奥のほうが風がない分暖かいだろうか。

「あれ？」

ルネの口から疑問の声がこぼれる。

昼間はまるで気付かなかったのだが、奥のほうがぼんやりと明るい。青白いような、星明かりのような明るさだ。昼の明るさでは打ち消されてしまう程度の……。

洞穴の中は灯りなどないはずだが、何か光源になるようなものでもあるのだろうか？

それともまさか、先客がいるのか。

逡巡《しゅんじゅん》したものの、くしゃみが飛び出したのを機に、立ち上がる。

「別に、何か住んでるって感じじゃないし……」

実は獣の巣だった、という事態にはならないはずだ。この暗さならばもし誰《だれ》かいたとしてもすぐに見つかることはないだろう。様子がおかしければすぐに引き返せばいい。

ルネは自分にそう言い聞かせると、足下《あしもと》に注意しながら少しずつ奥へと足を進める。

すぐに突《つ》き当たりがあると思っていた洞穴《ほらあな》が、左に折れていると知ったのもこのときが初めてだった。

用心深く、道の先をそっと覗《のぞ》き込む。

「――……あ、なんだ」

ルネはホッと息をついた。

どうやら天井《てんじょう》が一部抜《ぬ》け落ちているらしい。明るかったのは、そこから外の明かりが差し込んでいたからだろう。

そこは少し広い空間で、雨水が溜《た》まったものか、小さな泉ができているのも見えた。

ここならばすごしやすそうだと、ルネはそちらへと足を向ける。

だが……。

「うわっ」

踏《ふ》み出した途端《とたん》、何かに躓《つまず》いてルネは地面に倒《たお》れ込んだ。

明るさに気を取られて、足下への注意が疎《おろそ》かになっていたらしい。

一体何に躓いたのかと足下を見ると、こぶし大の石だった。よく見ると、ここにはそういった石がごろごろと落ちている。

「――……落ちてるっていうか……」

まるで何かの図形を描《えが》いているかのように、規則正しく並べられている。そして石と石を繋《つな》ぐように白い線が引かれていた。

「なんかこういうのゲームで見たことあるな」

いわゆる魔《ま》方陣《ほうじん》と言われるものに似ている気がする。円を描くように配置された石のいくつかは苔《こけ》むしており、置かれたのが随分《ずいぶん》前のことのようだと分かる。

その白い線の一部分だけが途切《とぎ》れているのは、自分が倒れ込んだときに手を突いてしまった場所だろう。

そして、石の並びが不規則になっているのは自分が蹴躓《けつまず》いた箇所《かしょ》のようだ。

「……ひょっとして、これまずいんじゃ」

そう呟《つぶや》いたときだった。

突然ぐらりと体が揺《ゆ》れて、ルネは目を瞠《みは》る。

揺れているのは体ではなく、地面だと気付くまでにそう時間はかからなかった。

数秒後には立っていられないほどの横揺《よこゆ》れが起こり、その場に倒れ込んでしまう。パラパラと天井から砂利《じゃり》がこぼれ落ちてきた。

「に、逃《に》げなきゃ……」

しかし、狭《せま》い通路に戻ることが正しい判断なのか分からない。そのわずかな逡巡が、最悪の結果をもたらすことになった。

地鳴りのような音が耳を劈《つんざ》き、天井の一部がルネの上へと降り注ぐ。

「っ……」

痛みで声も出なかった。何が起きたのか分からない。自分が再び地面に横たわっていることを知覚するまでにも、時間がかかった。

落ちてきた岩に足を押し潰《つぶ》されたらしい。地震《じしん》は続いている。けれど……。

「あ…ぐ……ッ」

痛みというより、熱さだった。

この痛みを、自分は知っている気がする。

――ああ、そうだ。前に死んだとき……。

前世はホモにおっかけられた挙げ句交通事故で、今回は落盤《らくばん》か。

ここまでくると、ひょっとして呪《のろ》われているのではないかと思う。

こういう運命なのだろうかと痛みに霞《かすみ》がかったような頭で思ったとき、視界の隅《すみ》が光った。

「な……んだ……？」

光っているのは、自分の体の下にある魔方陣らしい。そう思った瞬間《しゅんかん》、再び落盤が起こり、ルネは咄嗟《とっさ》に腕《うで》で顔を覆《おお》った。

自分は死ぬのか。

また、こんな風に……。

せめてもうちょっと普通《ふつう》に生きたかった。もっと生きたいのになんで――。

まるで、その思いに応《こた》えるように、どこかで誰《だれ》かが「分かった」と言った気がした……。

息が苦しい。

重い。

最初に思ったのはそれだった。

一体自分はどうしたのだろう？

――ああ、そうだ。洞穴で、落盤が……。

ならばこの重さは、まだ岩か土砂《どしゃ》の下にでもいるせいだろうか。

それにしては少し……いや、だいぶおかしい。

下半身にもの凄《すご》い違和感《いわかん》がある。足が岩の下敷《したじ》きになったことも思い出したが、その痛みのことではない。

もっと、まったく違《ちが》う……。

「ん……っ」

そう思いながら、重い瞼《まぶた》を押し上げたものの、ルネは何が起こっているのかまったく分からなかった。

極《ご》近《く》くに何かがあって、視界を妨《さま》げ《た》ているのだ。

「……意識が戻《もど》ったか」

そう言われて、ようやく自分以外の誰かがいると気付く。いや、いるというレベルではない。

「んんっ！」

唇《くちびる》を塞《ふさ》がれている。しかも、相手の唇で。

「ちょっ、ま……なんでっ？　ありえないだろっ」

ルネは慌《あわ》てて首を振《ふ》りキスから逃《のが》れると、両手で相手の顔を押し返す。

――あれ？　なんで？　なんで？　俺、溺《おぼ》れたっけ？

咄嗟にそんなことを思ってしまったのは、声の主が明らかに男だったからである。

見たことのない顔だ。村の住人ではない。この世界に生まれて以来、見たことのない漆黒《しっこく》の髪《かみ》に、ややワイルドさが強いが美形と言えるだろう顔。村どころか、このあたりの人種ではない。

だが、問題は顔ではない。なぜ自分がこの男にキスされていたかということである。

現実逃避《とうひ》だと分かっていたが、人工呼吸だったと思いたい。そのわりには、意識が戻ったと確認《かくにん》したあともこうしてキスされていたわけだが。

いや、キスだけではない。

「すっかり元気になったようだな」

「ひっ……」

そう言って男が動いた途端、体の奥でなにかが擦《こす》れる感触《かんしょく》がして、ルネは悲鳴を上げた。

「え……う、そ……やっ…何これ……は、入って……っ」

明らかに、自分の体の中に何か別のものが入り込んでいる。

「ああ、たっぷりと注いでやったぞ。封印《ふういん》を解いてくれた恩人を、殺すわけにはいかないからな」

「そ、注いでって……あっ、う、動くなぁぁああ」

「動かねば注げないだろう?」

いいながら腰《こし》を動かされて、ルネはぎゃーと悲鳴を上げた。注いだという言葉に嘘《うそ》はないらしく、ぐちゃぐちゃと嫌《いや》な水音が下半身のほうから響《ひび》いてくる。

「随分色気のない声だな」

「そ、なの…あって……たまる…かっ」

そう言ったものの、中をかき混ぜられると何か得体の知れないざわざわとした感覚が背筋を這《は》い上がってくる。

「だが、気持ちがいいのだろう?」

「そんなの……ひっ」

ぐっと奥まで突《つ》き入れられて、ルネは息を呑《の》んだ。

「ほら、中がうねっているのが分かるか？」

奥をかき混ぜるようにゆっくりと腰を動かされて、ぶるりと体が震《ふる》える。

「や、や……だ…、なんだよ……これ…っ」

「そんなに締《し》めつけるな」

「し、締めつけてな……ひあぁっ」

ずるりと、すべてを抜《ぬ》き出すような勢いで腰を引かれて、高い声がこぼれた。

その上、すぐにまた深いところまで埋《う》められて、体に力が入ってしまう。

「これでも締めつけてないと言うつもりか？」

「っ……」

あまりの恥《は》ずかしさに、泣きそうになる。

男の言う通りだった。

自分の中が、浅ましく、男の物に絡《から》みついているのだと、抜き差しを繰《く》り返されるたびに実感する。

なんで？

どうしてこんな……。

疑問と、自分に対する嫌悪《けんお》が確かにあるのに、それを快感が上塗《うわぬ》りしていく。

「も、やだ……っ」

「いやではないだろう？」

「だって……俺…っ、おかしく…なって……っ」

ぽろりと、眦《まなじり》から涙《なみだ》がこぼれ落ちる。

見ず知らずの男に犯《おか》されて、気持ちよすぎて死にそうとか、あとで思い出したら本当に死んでしまいそうだと思う。

「好きなだけ、おかしくなればいい」

男はそう言うと、やめるどころかますます激しく攻《せ》め立ててくる。

「ああっ……あ、んっ…あっあっ」

「意識のない体も悪くはなかったが、こちらのほうが楽しいな」

ろくでもないことを実に楽しそうに言いながら、しとどに濡《ぬ》れたルネのものへと手を伸《の》ばし、扱《しご》き上げる。

「あ…ああっ……」

触《ふ》れられるのを待っていたかのように、絶頂はあっけないほど簡単にやってきた。

だが、ぎゅっと締めつけた中を切り開くように抜き差しを繰り返されて、休む間もなく快感を植え付けられる。

そうして、男が中で達したのと同時に、ルネも再び絶頂へと駆《か》け上がっていた。

「さて、このくらいでしばらくは大丈夫《だいじょうぶ》だろう」

ずるりと中から抜き出される感覚にルネは眉《まゆ》を顰《ひそ》め、目を開ける。

「お前の体は随分《ずいぶん》と相性《あいしょう》がいい。精気を与《あた》えるだけのつもりが夢中になったぞ。長く生きたがこんな相手は初めてだ。喜ぶがいい」

「……喜べ、だぁ？」

「気持ちよかっただろう？」

にっこりと微笑《ほほえ》まれて、ルネは相手をギロリと睨《にら》み付ける。

「そういう問題じゃないだろ……っ」

人が気を失っている間に好き勝手に体を弄《いじ》り回し、強姦《ごうかん》しておいて、なんという言い様だろうと思う。

ところが、相手は不思議そうに首を傾《かし》げた。

「死んでいたお前を生き返らせてやったというのに、なぜ怒《おこ》る？」

「は？　死んだ？」

何を言っているか分からず、ルネはパチリと瞬《しばたた》く。

「ああ。俺が復活したときにはきっちり死んでいたぞ。人間の体はもろいものだな。この程度の岩に押し潰《つぶ》されるとは」

男の視線の先には、黒く汚《よご》れた岩があった。

「あれ……ひょっとして血……」

岩とその下に広がった黒い染《し》み、そして『押し潰される』という言葉にハッとする。

あまりの事態にすっかり忘れていたが、自分は確か落盤《らくばん》事故に遭《あ》ったのではなかったか？

地震《じしん》が起きて、落石があり……。

「あっ！　足……っ」

慌てて足を見たが、潰れているどころか傷一つ無い。

確かめるまでもなかった。先ほどまでこの足を、目の前の男に抱《かか》え上げられたり、肩《かた》に担《かつ》がれたりと散々いいようにされていたのだから。

「体を治す程度はどうということもないが、一度命の火が消えたとあっては、それだけでは済まないからな。今は俺の精気で動かしているんだ」

「…………」

呆然《ぼうぜん》と、ルネは男を見上げる。

「分かったか？　俺がお前を生き返らせた。感謝されても当然だろう？」

男はそう言うと、にやりと笑った。

背後には、ぽっかりと天井《てんじょう》の開けた洞穴《ほらあな》。空には大きな月が浮《う》かんでいる。

イベントスチルにしたって、ちょっとできすぎだろう。

「あの、いや、ちょっと待って。――――いまいち理解できないんだけど」

こんな風に死ぬのかと思ったこと、それは覚えている。というか、思い出した。

だが、それ以外のことは完全に理解を超《こ》えている。

「ふむ？　何が分からない？　簡単なことだろう？　お前は死んでいたが、俺が治して俺の精気でお前を生き返らせた。それだけのことだ」

「それだけのことって言われても」

壊《こわ》れたおもちゃを接着剤《せっちゃくざい》でくっつけて、ついでに電池も入れ替《か》えた、というレベルで語られても、はいそうですかと頷《うなず》けるはずがない。

いくらここがゲームのようなファンタジーな世界だと言っても、死んだ人間が教会で祈《いの》ったら生き返る、というような設定がないことはさすがに分かっている。

人は死んだらおしまいなのは、ここも、日本も同じである。

ゲームのような世界だが、ゲームではない。それはさすがに十八年もここで生きていれば分かる。

それだというのに、簡単に『死んでたけど生き返らせといた』と言われても困惑《こんわく》して当然だろう。

「――――頭痛くなってきた」

「頭も治したはずだが、潰れた後遺症《こういしょう》かもしれんな」

「そういう意味じゃなくて」

潰れてたのかよと内心突っ込みつつ、頭を振《ふ》る。

だが、最後に崩《くず》れた天井が降ってきたことを思えば、どこもかしこもぺしゃんこになっていたとしてもおかしな話ではない。あまり考えたくはないが。

「大丈夫そうなら、俺はそろそろ行く」

「え？　行くって」

突然《とつぜん》の言葉に、ルネは驚《おどろ》いて瞬く。引き留めたいわけでは断じてないが、もうちょっときちんと解説して欲しいという気持ちはある。

「おそらく城も仲間も復活しているだろうからな。お前のことは態勢が整ったら迎《むか》えに来る。それまで体はもつはずだが――――」

「いや、ちょっと待て！　なんで俺を迎えに来るって話になってるんだよ？」

まるで当然のように言われたが、さすがに聞き捨てならなかった。

「うん？　言わなかったか？」

そう言って首を傾《かし》げる相手に、ルネは胡乱《うろん》な目を向ける。

「お前に与えた俺の精気だが、しばらくは定期的に与えないと体が安定しない。特にお前は人間だからな。奇跡《きせき》的に適合したが、馴染《なじ》むまでには時間がかかるだろう。恩人とはいえ、一度は生き返らせたことは確かだし、もう一度死ぬ件に関しては放っておこうかとも思ったが……気が変わった」

そう言うと、男は一旦《いったん》言葉を切り、ルネをじっと見つめた。

「お前が気に入った。俺の傍《そば》に置いてやろう」

「……はぁ？　なんだよそれ？　置いてやろうって、上から目線にもほどがある……っていうかそもそも頼《たの》んでないし！」

「その威勢《いせい》のよさもいい。ここまで俺を怖《おそ》れないのも珍《めずら》しい」

「怖れるって……いや、ある意味怖れてるよ？　強姦魔《ごうかんま》だし」

死んだだの、生き返らせただの、精気がどうだだのと訳の分からないことの連続に混乱しているが、目の前の男が強姦魔であることはさすがに忘れようがない。

「あれだけよがっておいて強姦も和姦《わかん》もないだろう？　体の相性も驚くほどよかったしな」

「そっ、それはお前の勘違《かんちが》いだよ!!」

確かに気持ちよくなってしまったが、それは何かの間違いに違いない。もしくは生理的な反応とか、そういうものだ。そうに決まっている。

「勘違いなわけがあるまい？　ここまで適合したのはお前が初めてかもしれんぞ。連続で俺の相手をできるような者はそういないからな」

暗に絶倫《ぜつりん》だと自慢《じまん》しているのだろうか？

何度も何度もやられたこっちとしては、まったくもって迷惑《めいわく》な話だ。

「とにかく、迎えに来られても、俺は生まれ育ったここを離《はな》れるつもりもないし、ホモになるつもりもないから」

きっぱりと言い切ると、男は考え込むように沈黙《ちんもく》した。

「――――そうか。今はそう思っているがいい」

「今はってなんだよ。ずっとそう思ってるよ」

「さて、どうだろうな？」

相手は愉快《ゆかい》そうにそう言うと、立ち上がった。

ルネは思わず視線を逸《そ》らす。全裸《ぜんら》のまま、堂々と立たれては、こっちが居たたまれないというものだ。

「体はもつはずだが、できるだけ早く迎えに来る――――早くまた抱《だ》きたいしな」

「誰《だれ》がやらせるかってのー！」

カッとなって言い返すと、男がクスリと笑う。

「俺は魔王《まおう》ヘルムート。またすぐに見《まみ》えよう」

「えっ？」

魔王という単語に驚いて、ルネは顔を上げた。

だが、目の前の光景に驚いてぽかんとしてしまう。

そこにはもう、誰もいなかった。

崩れた岩や、崩落《ほうらく》した天井による土砂《どしゃ》。月明かりに照らされるのはそんな光景ばかりで、人の姿はどこにもない。

たった今までここにいたはずの男の姿は、まるで煙《けむり》のように消え失《う》せてしまった。

「なんなんだよ……」

夢？　幻《まぼろし》？　忍者《にんじゃ》？

「っていうか――……魔王って何」

呆然としたルネの声だけが、洞窟《どうくつ》の中に虚《むな》しく響《ひび》いた。

○

「……朝か」

翌朝、目を覚ましたルネは、室内の状況《じょうきょう》にため息をこぼす。

テーブルの上にあった陶器《とうき》の水差しが、床《ゆか》に落ちて割れていた。水もまだ完全には乾《かわ》いていないようだ。

昨夜はあのあと、狐《きつね》に摘《つま》まれたような気分のまま、家に戻《もど》った。

月明かりの中、痛む腰《こし》やあらぬ場所を庇《かば》いつつ必死で探したものの、靴《くつ》は片方しか発見できず、服もズボンはびりびりに破れている上に血まみれで、なんとか上だけを着て帰ってきたのである。

割れた水差しを片付けるような気力はなく、そのまま倒《たお》れるように眠《ねむ》ってしまった。

それにしても……。

室内の大きな変化はそれくらいで、あとは大した被害《ひがい》もなかった。

あれほど大きな地震《じしん》だったはずなのに、である。

そもそも、あの規模の地震が起きたとしたら、村は大騒《おおさわ》ぎだったはずだ。しかし、実際にはルネが戻ったときには、普段《ふだん》とまるで変わらない様子で寝静《ねしず》まっていた。

一体どういうことなのだろう？

やはり夢だったのだろうか？

突然消えた男——ヘルムートのことを思う。自分があんな夢を見たと思うとそれはそれで嫌《いや》なものだが、夢ならばそのほうがいい。

もっとも、夢だったとするには、腰が痛すぎるのだが。

「なんか挟《はさ》まってるような気もするしな……」

考えただけでげっそりする。

深いため息をついてから、ルネは外が妙《みょう》に騒《さわ》がしいことに気付いた。

窓の外を見ればもうだいぶ日が高い。いつもならとっくに畑に出ている時間だ。もちろんそれは他《ほか》の村人も同じで、この辺りは逆に静かなはずなのだが……。

やはり、何か被害があったのだろうか？

疑問に思いつつ、粗末《そまつ》なベッドを降りる。一人暮らしの家は、もともとは共同の納屋《なや》として使われていた小屋を、村人たちがルネのために空けてくれたものだ。二間しかなく、広くもないが、不便はない。

ルネは服を着替《きが》えると、ドアを開けて外に出た。

どうやらざわめきは、村の中心にある広場から聞こえているようだ。広場にはまるで市が立つ日のように人が集まっている。

「なんかあったのか？」

広場の近くまで来たルネは、そこにいた友人のサリューを捕《つか》まえて尋《たず》ねる。

「お、ルネ。なんだお前、今頃《いまごろ》来たのかよ」

「えっと……ちょっと寝坊《ねぼう》してさ」

呆《あき》れたように言われて、少々焦《あせ》った。確かに、これだけの騒ぎに気付かないでいたというのは、少し不自然だろう。

「それで？　どうしたんだよ？」

「魔王が復活したらしいぜ」

そう言ったのは、近くにいた別の村人だ。

「ま、魔王っ？」

ルネは驚《おどろ》いて目を瞠《みは》る。

「びっくりだよな。封印《ふういん》が解けて、魔王城が出現したとかなんとかって」

「もう伝説の存在みたいな感じだってのにさ。長老だって、モンスターは見たことないって話だぜ」

「あ、ああ」

頷《うなず》いたものの、ルネが驚いたのはそれとはまるで違う理由だ。

昨夜の男が、自分を魔王ヘルムートだと言い残していったことを思い出してしまったのである。

まさかと思うが、関係があるのだろうか？

――本当に、魔王だったりして？

「そんなまさかな……」

「どうした？」

不思議そうな顔をされて、ルネは慌《あわ》てて頭を振《ふ》る。

「あー、俺、今日はまだ畑出てないし、ちょっと行ってくるわ。家の中の片付けも済んでないし」

「片付け？　――ああ、昨夜の地震か」

その言葉に、やはり地震自体はあったのだとなんとなくホッとする。

夢だったらいいと思いつつも、はっきりしない状況に不安があったためだろう。

「お前の家、大丈夫《だいじょうぶ》だったのか？」

「って言っても、ちょっと揺《ゆ》れた程度だしなぁ」

「そ、そっか」

立っていられないほどの揺れではなかったか、と訊《き》きたい気持ちを、ぐっと堪《こら》える。

やはり村のほうは大した揺れではなかったようだ。

よほど局地的なものだったのだろうか？

そんな地震があるのか分からないけれど……。

「けど、あれって魔王復活の前兆だったんだろうな」

「……そうかもね」

曖昧《あいまい》に頷いて、ルネはその場を辞した。

この世界では、地震はいわゆる不吉《ふきつ》の前兆や、神の怒《いか》りによるものだと信じられている。

サリューもそのつもりで何気なく言っただけだったのだろう。

けれど、その言葉でルネはまた一つ気付いてしまった。

昨夜自分が壊《こわ》してしまったと思わしき魔方陣《まほうじん》のことである。

「………やばい」

これは、本格的に嫌な予感がする。

ルネは腰を庇いつつ、できるだけ足早に家へと向かった。少し、一人になって考えをまとめたかったからだ。

いや、まとめるほどの何かがあるわけではないが、とにかくパニックに陥《おちい》っていることを人に知られたくない。

だが、家へと向かうルネに声をかけた者がいた。

ディールである。

「ルネ！　昨夜は大丈夫だったか？　今ちょうどお前の家に行ってたんだ。畑に出ていないようだったし、広場にもいなかったから何かあったのかと思って」

「いや、大丈夫。ちょっと水差しが――――」

割れただけ、と言おうとして慌てて口を噤《つぐ》む。

「水差しが割れて、あと棚《たな》に並んでた物が落ちたりもしたから、まだ片付けの途中《とちゅう》なんだ」

「そ、そうか。……怪我《けが》はなかったのか？」

その問いにはただ頷くだけで返した。

「じゃあ、俺片付けの続きするから」

「あ、俺手伝おうか？」

「大丈夫だって。ありがとう」

そう言うと、ルネはディールに手を振り、足を進める。ディールはついてこようとはしなかった。そのことにホッとしつつ、つい先ほど出たばかりの家に戻る。

ため息をつき、割れた水差しの破片《はへん》を拾おうと腰をかがめる。

「いてて……」

思わず呻《うめ》きつつ、ルネは不穏《ふおん》な想像に揺れる気持ちを落ち着けようと、一つ一つ丁寧《ていねい》に破片を集めていった。

魔王《まおう》の復活。

壊してしまった魔方陣。

地震《じしん》。

魔王ヘルムートと名乗って消えた男……。

考えれば考えるほど、自分のしでかしたことの重大さがわかってきて、指が震《ふる》えた。

もう一度あの場所へ行って確かめるべきだろうか？

それとも誰《だれ》かに事情を話して……。

そう迷いながらも、結局その日ルネはもう家を出ることはなかった。

——事態が急変したのは、翌日のことである。

「おい、ルネ聞いたか？」

「何を？」

畑に出ていたルネが昼に家へ戻《もど》ると、村は昨日以上の騒がしさになっていた。ルネはサリューに呼び止められ、足を止める。

「国王からの勅使《ちょくし》がきて、ディールに勇者として魔王城に向かうようにって知らせが届いたらしいぜ！」

「はあ？　ディールが？」

思ってもみなかった言葉だった。

勇者という単語自体は、魔王が出てきた時点である程度予想できたが、ディールがというのは予想外もいいところだ。

「あいつんちが勇者の家系っての、全然知らなかったぜ。親とかは知ってたみたいだけど……って、噂《うわさ》をすれば。おーい、ディール」

サリューはどうやらディールの姿を見つけたらしい。見ると、ディールは少女たちに囲まれていたようだ。

ルネは思わず顔を顰《しか》めたが、逃《に》げ出すことはせずに留《とど》まった。

「ルネ！　サリューも一緒《いっしょ》か」

「声かけたのは俺なんだけどね？」

「ああ、すまん。ちょうどルネを捜《さが》していたところだったんだ」

「いいけどさ」

ディールの言葉に、サリューはいつものことというようにため息をつく。

「それより、お前大変なことになったなぁ」

サリューの言葉に、ディールが苦笑《くしょう》をこぼす。

「まぁ、覚悟《かくご》はしていたさ。……こういうこともあるかもってね」

ディールはどうやら、自分が勇者の子孫の家系であることは分かっていたらしい。

「家にある家宝の剣《けん》が、勇者の剣だって話は聞いてたし……」

「へぇ。なんだよ、教えてくれりゃよかったのに」

「陛下のご意向らしい。代々直系の男子と、役付の老人だけに伝えられてきたんだ」

もともと公然の秘密のようなもので、勇者を輩出《はいしゅつ》する代わりにと村の税金が大幅《おおはば》に免除《めんじょ》されているというのもこのとき初めて知った。

しかし、国王も知っていたとなれば、この速さで村に知らせが届いたのにも頷《うなず》ける。

ここは王都からそれほど遠くないとはいえ、街道《かいどう》からは随分《ずいぶん》外れた村だ。普段《ふだん》ならば大きなニュースでも、行商人が来るまで伝わってこないということもある。

勇者の村……ひょっとして、だから魔王が極《ご》近くに封印《ふういん》されていたのだろうか？

やはり、ヘルムートは本当に魔王で、その封印を破ったのは自分なのか……？

「そんなことより――――ルネ」

「……なんだよ」

考え込んでいたルネは、ディールの言葉にハッとして顔をあげる。だが、その顔を見た途端《とたん》、話を促《うなが》したことを心から後悔《こうかい》した。

ディールは、今まで見たことがないくらい、もの凄《すご》く思い詰《つ》めた顔をしている。

何か重要なことを口にしようとしていることは、一目瞭然《いちもくりょうぜん》だった。

今までだったら人目のあるところではさすがに口にしなかったようなことを、言うつもりなのかもしれない。

それだけ切羽《せっぱ》詰《つ》まっているということだろうが、しかし。

「俺はこれから一旦《いったん》王都へ行く。その後は魔王城へ向かうことになると思う」

「そ、そっか。がんばれよ。あ、俺ちょっと用事思い出したから……」

「待ってくれ！……いや、今でなくていい。帰ってきたら話したいことがあるんだ」

腕《うで》を摑まれてそう言われ、ルネは自分の顔から血の気が引いていくのを感じた。

「俺の帰りを、ここで待っていて欲しい」

感情のこもった言葉に、ひくりと頬《ほお》が引き攣《つ》る。

――これ、完全にフラグじゃないか？

「いや、あの、そういうのはさ、もっと相応《ふさわ》しい相手に言ったほうが」

「俺にとってはルネ以上に相応しい相手なんていないさ」

ニコッと微笑《ほほえ》まれて、目眩《めまい》がする。

「それじゃ行ってくる」

「……行ってらっしゃい」

万感《ばんかん》の思いを込めた視線に、これも自分が封印を解いたせいかもと責任を感じていたこともあって、ルネはスルーすることもできずにそう口にする。

別に待ってるとは言ってない。言ってないから大丈夫《だいじょうぶ》だ。

ルネが内心自分にそう言い聞かせていることも知らずに、ディールは自信に満ちた顔で力強く頷くと、広場のほうへと去っていった……。

――そうだ、逃げよう。


ディールが村人たち全員に見守られて旅立ってから半日後。

考えた末に、ルネが出した結論がそれだった。

ヘルムートは迎《むか》えにくると言っていたし、ディールはここで待っていて欲しいと言っていた。

どちらにしろ、このままここにいてはホモになる倍率が上がる気がしてならない。

ヘルムートは、ルネが一度死んだとか、ヘルムートの精気がないと体が安定しないとか言っていたが、今のところ、別に体調は前と変わらない。

状況《じょうきょう》からして、魔王というのは本当なのかもしれないが、ルネの死や、それを生き返らせたというのはやはりありえないのではないだろうか。

「足を治してくれたことは間違《まちが》いないみたいだけど……」

だからと言って、それに恩義を感じてホモになる気はない。

前世の二の舞《まい》は絶対に嫌《いや》だ。

そのためには、とりあえずこの村から逃げるのが一番な気がした。

ルネが村からいなくなっていれば、ヘルムートが迎えに来ても空振《からぶ》りになるし、ディールにもそれがルネの返答だと伝わるだろう。――多分。

もっとも、村を離《はな》れて自分がどうやって生計を立てていくのかは大いに問題だったが……。

「いや、けど別にずっとってことじゃなくてもいいんだし」

とにかく今をしのげればいい。

そんなある意味刹那《せつな》的な思考で、ルネは村を離れることを決意した。

イルン村はほとんどのものが自給自足、物々交換《ぶつぶつこうかん》のような田舎《いなか》の村なため、通貨の蓄《たくわ》えは母が残してくれたものと、昨年の豊作で余剰《よじよう》になった作物を売った分くらいしかないが、旅暮らしをしていた頃《ころ》の記憶《きおく》はある。町で日銭《ひぜに》を稼《かせ》ぐこともできるだろう。しばらくはなんとかなるはずだ。

そうと決まれば善は急げとばかりに、ルネは旅支度《じたく》を始めた。隣近所《となりきんじよ》にも、明日の早朝から町に出るので二、三日留守にすると告げて回る。

実際にはその町を通って更《さら》に別の町へ向かうつもりだったが、そのことは黙《だま》っておく。

村の人間は、町へ行くくらいまでの移動がせいぜいで、そこより遠くへ出かけていくという思考がないため、疑われる心配はなかった。

モンスターが出るかもしれないのに、と近所の人間は心配してくれたが、今以上に状況が厳しくなる前に出ておきたいと適当なことを言ってごまかした。

今まで散々世話になってきた人たちに嘘《うそ》をつくことは心苦しかったが、背に腹は替《か》えられない。

それに、村長だって、他《ほか》の村人たちだって、凱旋《がいせん》した勇者がホモになることを望んではいないだろう。

袋《ふくろ》の中に、わずかな金と携帯《けいたい》できる保存食、最低限の着替《きが》えや薬が入っているのを確認《かくにん》しつつ、ルネはそっとため息をつく。

いつになるか分からないが、また必ず戻《もど》ってこよう、と思う。

親や親戚《しんせき》がいるわけではないが、自分はこの村が嫌《きら》いではない。ディールが結婚《けっこん》さえしてくれればいつでも戻ってこられる。

確かめるのは難しいかもしれないが、二十歳《はたち》過ぎても独身という人間は珍《めずら》しい村だ。一、二年で片はつくだろう。

それまでに自分は、町で結婚相手となってくれる女性を探してもいいかもしれない。

そんなことを考えていたときだった。

「おお、すっかりここを離れる支度は調《ととの》ったようだな」

「まあね。……って」

思わずそう答えてから、ルネはハッとして顔をあげる。

すると、そこにいたのは……。

「お、お、おま……」

あの夜、忽然《こつぜん》と姿を消した男——ヘルムートだった。

今日は黒を基調とした服に、裏地だけが赤いマントを身に着けており、威厳《いげん》たっぷりである。全裸《ぜんら》で姿を消した男と同一人物とはとても思えない。

しかし何よりも違《ちが》う点は、その頭に生えた角である。

黒く太い角が頭の両脇《りょうわき》についている。これはこの前は見なかったものだ。こうすると、本当に魔王《まおう》のようだった。

「約束通り迎えに来てやったぞ」

「約束なんてしてないよ！」

にやりと笑ったヘルムートに、ルネはそう言い返す。

ヘルムートが一方的に宣言していっただけで、ルネは約束なんてしたつもりは微塵《みじん》もなかった。

「その様子では、まだ精気のほうは大丈夫そうだな」

ルネの言葉に、ヘルムートは機嫌《きげん》を損《そこ》ねるどころか楽しげにそう言って笑う。

「では行こう」

「ちょっ……離せよっ」

手を掴まれたルネは、慌《あわ》てて振《ふ》り払《はら》おうとした。

だが、振り払うより早く景色が入れ替わり、呆然《ぼうぜん》と目を瞠《みは》る。

たった今まで見慣れた自分の家の中にいたはずだというのに、今はまるで知らない場所に立

っていた。手には旅支度の詰《つ》まった袋を持ったままだ。

「……な、何が」

やたらと天井《てんじょう》の高い建物の中だ。

振り返ると、身長の三倍はあろうかという巨大《きょだい》な扉《とびら》がある。

何本もの石柱が立ち並び、各々《おのおの》に篝火《かがりび》が焚《た》かれたそこは夜だというのに比較的《ひかくてき》明るい。

そのせいで、見たくもないものまで見えた。出迎《でむか》えているのだろう、ずらりと並んでいる者たちの中には、明らかに人ではない、ゲームやラノベの中で見たような、悪魔《あくま》っぽい外見の者もいる。

「行くと言っただろう？　ここが我が城、魔王城だ」

「我がって……」

この言い方からすると、やはり本当に魔王なのだろうか？

少なくとも、これが幻《まぼろし》や夢でない限り、自分が一瞬《いっしゅん》にしてここまで連れてこられたことは間違いなく、それはいわゆる魔法《まほう》的な力によるものなのだろうとは思う。

思うが、しかし……。

「お前が封印《ふういん》を解いてくれたおかげで、魔王城も復活した。感謝しているぞ」

「――――俺には後悔《こうかい》しかないけどね……」

呆然としつつもそう返し、ルネは目の前の光景から目を逸《そ》らす。

信じたくはないが……。しかし……。

「魔王様、その者が例の人間ですか？」

「パイロープか。ああ、そうだ」

声のしたほうを見ると、そこには銀の長い髪《かみ》を垂らした男が立っていた。

パイロープというのが名前なのだろう。

やはり黒い服に、黒いマントを身に着けているが、裏地の色は紫《むらさき》のようだ。透《す》き通るような白い肌《はだ》の、玲瓏《れいろう》とした美形である。

角のようなものもない。一見したところ、普通《ふつう》の人間のようにも見えるが口の中にはちらりと牙《きば》が見えた。

「角だの牙だの……」

コスプレだと思いたい。現実逃避《とうひ》と言われようが、そう思わずにはいられなかった。

もしくは夢か。

「ああ……それいいな……うん、そういうことにしとこう」

ぶつぶつと呟《つぶや》いたルネを、パイロープが不審《ふしん》な目で見つめる。

「――大丈夫《だいじょうぶ》なのですか？」

「おもしろい男だろう？　ルネ、こっちだ」

言いながら、ヘルムートは通路を真っ直《す》ぐに進んでいく。ルネは仕方なくヘルムートに続いた。手は自由になっていたが、こんな得体の知れない場所に置いて行かれるのも怖ろしい。

ヘルムートが歩くのに合わせて扉が次々に開かれていく。まるで自動ドアのようだが、明らかに人力（開けているのが人かどうかは置いておくとして）である。

そうして、最後に開いたのは比較的こぢんまりとした部屋の扉だった。

と言っても今までが体育館のように広かったというだけで、おそらくここも教室くらいはあるだろう。

ランプがいくつも置かれており、今までのどこよりも明るい。

暖炉《だんろ》の前には背もたれのついた一人がけのソファが置かれ、それとは別に部屋の中央にソファセット、奥には巨大なベッドが置かれていた。

その圧倒《あっとう》的な存在感をもつものを目にして、状況《じょうきょう》に呑《の》まれていたルネもようやく正気づく。

呆然としている場合ではない。このままではホモまっしぐらである。

「帰る！」

「帰すと思うか？　話しただろう？　しばらくは定期的に精気を与《あた》えないと体が安定しないと」

確かに聞いた。けれど、だからと言って納得《なっとく》したわけではない。

「――安定しないとどうなるんだよ？」

「もちろん死ぬ。精気は命の火を燃やすための燃料のようなものだ。お前自身の精気はすでに尽《つ》き、一度は死んだ。今お前を生かしているのは、俺が注いでやったものだ」

注いだ、という言葉にあの夜の出来事を生々しく思い出してしまい、ルネは顔を顰《しか》める。

「そんなこと言われたって、そうですかって信じられるわけないだろ？」

正直な話、自分が死んだということにすらまったく自覚症状《しょうじょう》のないルネからすると、ヘルムートの言っていることはすべて、彼にとって都合のいい作り話のように感じられる。

「いいからさっさと帰らせてくれよ」

「それはつまり、死ぬことを厭《いと》わないということか？」

けれど、不思議そうに訊《き》かれると、やはり言葉に詰まってしまう。嘘《うそ》だろうという気持ちと、ひょっとすると本当なのか？　という疑問が胸の中で混じり合う。

「そんなの……死ぬかどうかなんて分かんないだろ」

少なくとも今自分の体に不調はない。腰《こし》の痛みもよくなった。不安定と言われても、どこが安定していないのか、まるで実感が湧《わ》かない。

だが……。

「分からないか？」

ヘルムートの声にはなぜルネがそんなことを言うのかが分からないというような、純粋《じゅんすい》な疑問が滲《にじ》んでいて、また少し不安になる。

「今しばらく経《た》てばいやでも実感することになるでしょう。――ルネと言ったな？　魔王様の精気が切れれば、数刻と持たずにお前は死を迎《むか》える」

不安を後押しするように、そう口を挟《はさ》んだのはパイロープだ。

瞳《ひとみ》は灰色をしており、ルネを見つめる視線には、ぞっとするような冷たさがある。

「だが、このまま魔王様の御慈悲《おじひ》をいただいていれば、いずれは私たちと同じ魔族《まぞく》になれる」

「えっ？　ちょ、それって……」

寝耳《ねみみ》に水だった。

魔族になれる？　ただ生き返るというだけではなかったのだろうか？

「そうなればもう、精気を注がれなくとも命の火が消えることはなくなるだろう。感謝することだ」

「なんでそんなことに感謝しなきゃなんないんだよっ！　魔族になるなんて聞いてないよ！」

「言ってなかったか？」

ヘルムートはなんでもないことのように首を傾《かし》げたが、大問題である。

「生き返らせたとは聞いたけど、魔族になるなんて初耳だよ！　そんなの絶対やだからな！」

「なんだと……？」

ルネの言葉に、パイロープが不愉快《ふゆかい》そうに眉《まゆ》を顰《ひそ》める。凍《こお》り付きそうな視線に、ルネも思わず息を呑《の》んだ。

「まあ待て」

ヘルムートがそう言って、二人の間に割って入る。

「そろそろ精気も切れる。そうすればルネにも分かるだろう」

「――――失礼しました」

取りなしに、パイロープが目を伏《ふ》せた。

「この者もすぐに魔王様《まおう》の偉大《いだい》さを思い知ることでしょう」

ルネのほうは、二人のどこか不穏《ふおん》なやり取りに、落ち着かない気分になる。

だが、そんな気分も、パイロープが口にしたとんでもない提案の前に吹《ふ》っ飛んだ。

「……ああ、そうです。いっそ、この者を伴侶《はんりょ》に据《す》えてはいかがですか？」

「は？」

いきなり何を言い出すのだろう？

「ルネをか？　ふむ……」

「ちょ……なんでいきなりそんな」

「魔族になってからならば問題はないでしょう」

ルネの文句を完全に無視して、パイロープがかぶせてくる。

「正直に申し上げますが、魔王様のお相手など、魔力《まりょく》が相当強くなければ、魔族でも難しいところです。まさか人間に適合者がいるとは思ってもみませんでしたが……」

「待てよっ」

「これも魔王様の精気で生き返ったためかもしれませんね。まさかこういった効果があるとは……」

ルネは必死で口を挟むが、やはりあっさりスルーされてしまう。こいつスルースキル高すぎだろと、地団駄《じだんだ》を踏《ふ》む思いだ。

「魔王様の封印《ふういん》を解き、魔王様の精気で魔族になったとなれば、反対勢力も押さえ込めるでしょう。ベリルの娘《むすめ》などを嫁《よめ》にして、ベリルがのさばるよりもよいのではないか、と」

「ベリルの娘の件は片が付いただろう？」

「だ、だからっ」

「あれは長女です。ベリルには十三人の娘がおります」

「それはいかにも面倒《めんどう》だな。――ルネであれば、俺は構わんぞ」

「人の話を聞けー！」

大声でわめくと、ようやく二人がルネを見た。

「俺が構うっての！」

魔族にするだの嫁にするだの、勝手に人の将来を決めないで欲しい。

そもそも自分が生きたいと思ったのは、『平凡《へいぼん》な人生を生き、天寿《てんじゅ》を全《まっと》うしたい』という意味であって、魔族になったり、魔王に嫁《か》したりといった波瀾万丈《はらんばんじょう》な人生を望んだわけでは決してない。

けれど……。

「おや、そんなことを言っていいのか？」

「……なんだよ、その言い方」

嫌《いや》みを含《ふく》んだパイロープの言葉に、ルネは眉を顰める。

「お前は魔王様を復活させたのだ。いわば人間の敵。人間の世界ではさぞ生きづらいだろうと思ってな」

「うっ……」

パイロープの指摘《してき》に、ルネは言葉に詰《つ》まった。

――言われてみればその通りだ……。

今のところ魔王を復活させたのがルネだとはバレてはいないと思うが、もしバレてしまったら針の筵《むしろ》だろう。

そう思ってから、自分があの場所に血まみれのズボンと靴《くつ》を片方落としてきていることまで思い出した。

ひょっとしたら、バレるのは時間の問題かもしれない。

勇者になったディールの敵なのはともかく、人間すべての敵というのはキツい。そんな男と結婚《けっこん》してくれるような女の子がいるだろうか？

答えはNOだろう。

「俺の平凡な、村人Aとしての生活が……」

呟《つぶや》いて、ルネはがっくりと項垂《うなだ》れた。

「ようやく自分の立場が分かってきたようだな」

満足げなヘルムートの声に、ルネはじっとりとした視線を向ける。

こうなったのも、自分が魔方陣《まほうじん》を蹴《け》り飛ばしたせいと思うとやるせない。

「分かったなら諦《あきら》めてここにいろ。今日か……遅《おそ》くとも明日には自分の体がどうなっているのかも分かるはずだ」

そう言うとヘルムートはにやりと笑う。腹立たしいが反論する気力はなかった。

「またあとで来る」

ヘルムートはそう言うとパイロープへと視線を向ける。

「あとのことは頼《たの》んだぞ」

「かしこまりました」

そうしてパイロープが深々とお辞儀《じぎ》をすると、ヘルムートはそれ以上何も言わずに部屋を出て行ってしまったのだった。

ヘルムートが姿を消してしまうと、パイロープはルネを見てため息をつく。

その態度にむっとして、ルネはパイロープから思い切り視線を外した。

「――魔王様の命令で、人間用の食事の支度《したく》が済ませてある。ついてこい」

あとのこと、というのがなんのことなのか、実は不安だったのだが、どうやら食事のことだったらしい。

人間用、という言葉通り、どれもルネの舌に合った。

食事も、酒も。

もともと酒は好きなほうだ。この世界では成人とみなされるため、十八になったばかりのルネも普通《ふつう》に酒を嗜《たしな》んでいる。ワインとエールビールが主だが、ワインは贅沢品《ぜいたくひん》であり、祭りでもなければ口にすることはない。

その上、ここで飲んだワインは、今まで飲んだどの酒よりも美味《うま》かった。

それでつい、過ごしてしまったのだが……。

「あ、あの、ルネ様、そちらではなく」

「あ……ごめん」

食堂から風呂《ふろ》までの道筋を案内して貰《もら》っていたのだが、案内人の少女が曲がったことに気付かず直進していたルネは、慌《あわ》てて廊下《ろうか》を戻《もど》る。

足下《あしもと》が不如意《ふにょい》になるほどではないが、思考は明らかに鈍《にぶ》くなっているようだ。

「いいえ、お気になさらず」

そう言って微笑《ほほえ》む少女はかなりの美少女だが、背中にはコウモリのものに似た羽が生えている。

「この扉《とびら》になります。ハンドルの上部に青い石が使われておりますので」

「あ、ほんとだ」

両開きの扉のハンドルに青い石がはめられている。

ルネが確認《かくにん》したのを見てから、少女が片側の扉を開き中に入るように促《うなが》す。中には靴を脱《ぬ》ぐ場所があり、脱衣《だつい》所らしき場所ももうけられていた。だが、奥にはすでに大きな浴槽《よくそう》が見えていて、間にドアや仕切りの類《たぐい》はない。

だが、浴槽の奥には別の扉があるようだ。

「こちらにタオルとお着替《きが》えを置かせていただきますね」

天井《てんじょう》はここもやはり高く、これだけの広さがあれば、仕切っていなくとも湯気で着替えが湿《しめ》ったりする心配もなさそうだ。

「ありがとうございました。あとは自分でやりますから」

そう言って、ルネは少女にぺこりと頭を下げる。

「かしこまりました。お済みになりましたら、こちらのベルを鳴らしてください。――あ、あの、ルネ様」

「はい？」

その様というのやめてくれないかなと内心思いつつ、顔を上げたルネは少女を見つめた。

まだ何かあるのだろうか？　と不思議に思ったのだが……。

「魔王《まおう》様の封印を解いてくださって、ありがとうございました」

「え……」

思わぬ言葉に、ルネはパチリと瞬《しばたた》く。

「こうして再びお仕えできることになったのも、ルネ様のおかげです」

にこにこと微笑まれて、複雑な気分になる。

言葉に詰まったルネに気付いたのかどうか、少女はもう一度頭を下げると風呂場から出て行った。

「そりゃあまあ……自分の王様がずっと封印されてて、こうしてめでたく復活したっていえばうれしいもんなのかもな……」

けれど、自分が蹴飛《けと》ばしたくらいで解けてしまう封印である。とっとと解いてしまえばよかったのではないだろうか？

場所が分からなかったとか、そういった理由なのかもしれないが。

そんなことを思いつつ、ルネは服を脱ぐと浴槽へと近づく。

「プールかよ……」

さすがに二十五メートルプールのようなサイズではないが、浅さといい、大きさといい小学校時代にあった十五メートルのプールにそっくりである。

沸《わ》かしたのか、それとも温泉なのかと思いつつかけ湯をし、そっと湯に浸《つ》かった。

「ふへー……」

気持ちよさに、思わずそんな声がこぼれる。

村にも共同浴場があり、温泉が引かれていたが、ここまで広くはなかったし、年長者が優先されるためなかなかのんびりと浸かることはできなかった。

もともと風呂好きのルネにとって、これは思わぬ僥倖《ぎょうこう》と言える。

もちろん、この程度でずっとここにいてもいいかと思ったりはしないけれど……。

「とりあえず、いる間は活用しよう」

ルネはゆっくりと伸《の》びをしつつ、本当にここはどこなのだろうと思う。

魔王城、というのは分かっているが、地理的にはさっぱりだ。

気温的には、こちらのほうが少し涼《すず》しいかとも思うが、ずっと室内にいて天候が分からないのでなんとも言えない。

魔王城が復活したことがすぐに伝わったことを思えば、それほど遠くないのかもしれないが……。

そんなことを考えているうちにすっかり体は温まり、アルコールがぐるぐると脳を揺《ゆ》らし始めた。さすがに飲んだあとに湯船に浸かるのは無謀だったかと反省しつつ、ルネはなんとか体と頭を洗い、脱衣所へと向かう。

だが……。

「あれ……なんだ……？」

目眩《めまい》がする。

最初は酔《よ》っているのかと思ったが、それだけではない。

のぼせたのとも違《ちが》う気がする。

具合が悪いわけではない。ただ……。

「おなか……すいた……」

ぽつりと呟いてから、そんなはずはないと思う。

たった今、風呂に入る直前まで食事をしていたのだ。しかも、あまりにおいしかったので少し食べ過ぎたと思ったくらいに。

それなのに、この空腹感はなんだ？

なんとか少女が用意していってくれたタオルを手に取ったものの、体を拭《ふ》くこともままならないまま、ルネはその場にうずくまった。

背後で扉が開いたのは、そのときだ。

「うん？　こんなところでどうした？」

ヘルムートの声だった。

ルネはぼんやりと顔を上げる。不思議そうな顔をしていたヘルムートは、そのルネの様子を見て、思い当たる節があったらしい。

「ああ、精気が切れたか」

「精気……？」

「そうだ。腹が減ったような気がするだろう？」

楽しげな声で言い当てられて、ルネは不安になる。

ヘルムートの精気で生きていると言われたこと。

精気が切れれば死ぬということ。

さっきまで、自分の体はどこも不調なところなどなくて、そんなのは嘘《うそ》で、ただの脅《おど》し文句のようなものだと、そう半ば本気で思っていたけれど……。

「あっ……」

トン、と肩《かた》を押され、ルネは簡単に床《ゆか》に転がってしまう。

もう、どこにも力が入らなかった。

手にしていたタオルを奪《うば》われて、薄《うす》い腹を手のひらで撫《な》でられる。ぞわりと、肌《はだ》が粟立《あわだ》つ。

「ここに、俺の精気を注ぎ込めばすぐに元通りになるぞ。どうしたい？」

「どう……って…そんなの…いらない」

精気を注ぐというのがどういうことなのか、自分はもういやというほど分かっている。

体の奥まで開かれて、かき混ぜられて……。

思い出し、ぞくりと背筋が震《ふる》えた。

あれからまだほんの二晩だ。記憶《きおく》は鮮明《せんめい》で、頭にも体にも、はっきりと刻み込まれている。

「いらない？　このままもう一度死にたいか？」

「死……」

実感を伴《ともな》うと、それは胸が凍《こご》えるような言葉だった。

そんなのはいやだと思ってしまうのは、生物としての本能だろうか。

自分にとって生きるというのは『平凡《へいぼん》な人生を生き、天寿《てんじゅ》を全《まっと》うしたい』ということだと、そう思ったはずなのに、もっと根源的な部分で、生きたい、死にたくない、と思ってしまう。

空腹は徐々《じょじょ》にひどくなる。もう、空腹を通り越《こ》し、飢餓《きが》と言っていい段階へと移行しそうだった。

四年前、ひどい凶作《きょうさく》の年に、食べるものに困ったことがあった。けれど、そのときだって、ここまでではなかった。

もちろん、前世では一度だって飢餓を経験したことはない。

こんな、なんでもいいから口に入れたい、腹を満たしたいと思うようなことは……。

「死にたく……ない」

その言葉を言ったら、どうなってしまうか分かっているのに、気付けばルネはそう口にしていた。

「そうだろう？」

ヘルムートが満足げに笑う。これで分かっただろうというような、そんな顔だ。

その笑顔《えがお》が本当に憎《にく》いと思う。

「うれしそうな顔……すんな…」

人の不幸を笑うなんて、さすが魔王と言うべきなのか。

「こんなときでも憎まれ口が出るのだな、この口は」

楽しげにそう言って、ヘルムートがルネの口をキスで塞《ふさ》ぐ。

咄嗟《とっさ》に逃《のが》れようとして、すぐに気付いた。

「ん……っ…」

キスされているだけなのに、ほんの少しだが飢餓感《きがかん》が紛《まぎ》れた気がする。

――唾液《だえき》……甘い。

まるで甘露《かんろ》だ。そんなはずがないのに、ひどく甘く、いつまでも味わっていたくなる。

舐《な》め取ろうとするように入り込んできた舌に、自らも必死で舌を絡《から》める。

やはり、気のせいではない。

思った途端《とたん》、唇《くちびる》が強引《ごういん》に解《ほど》かれて、ルネは縋《すが》るようにヘルムートを見上げた。

「や……なんで……」

「……随分《ずいぶん》と積極的だな」

クスクスと笑われて、頬《ほお》が熱くなる。

「っ……し…仕方ないだろ…っ」

そう言ってから、やはり少し体に力が入るようになってきたと実感する。キスをする前までは もう腹に力が入らず、声を出すことすら辛《つら》かったのに。

悔《くや》しいが、ヘルムートの言っていたことは嘘ではなかったらしい。

自分の体は今、ヘルムートによって生かされているのだ。

「だが、唾液で補える分などたかがしれているぞ。ここに注がないことにはな」

「あっ……」

ヘルムートの指が足の間に入り込み、奥へと伸ばされる。

「さ、触《さわ》るな……っ」

「解《ほぐ》さなければ、お前が痛い思いをするだけだぞ」

指が触《ふ》れた途端、びくりと腰《こし》が震えた。

怖《こわ》いのは痛みではない。むしろ快感のほうがずっと怖ろしい。あのときのように、頭がおかしくなりそうなほどの快感を与《あた》えられることが……。

だが、いくら多少力が入るようになったと言っても、未《いま》だようやく声が出るといった程度の力しかないルネには、ヘルムートの手を拒《こば》む術《すべ》はなかった。

「あ……んんっ」

右足の膝裏《ひざうら》を押し上げるように足を開かされ、晒《さら》された場所を指が上下に撫でる。

繰《く》り返されるうち、徐々にそこが綻《ほころ》び、指に引っかかるようになる。

前回は意識を失っているうちに入れられていて何がなんだか分からなかったが、あのときもこうして触れられていたのだろうか？

「ん…っ」

くっと指がそこを押し、ゆっくりと入り込んでくる。

この前よりもずっと細い。だが、その指を中で曲げられた途端……。

「あっ」

びくんと腰が跳《は》ねた。

自分でも何が起きたのかと思うような突然《とつぜん》の快感に、ルネは目を瞠《みは》る。

「知らなかったのか？　この前も感じていただろう？」

「ああっ、やっ……あ…っ」

ぐりぐりと指で刺激《しげき》され、そのたびに抑《おさ》えきれずに声がこぼれる。

「何……これっ……」

体の奥が痺《しび》れるようだった。

そこばかりを集中的に攻《せ》められて、腰がガクガクと震える。抱《かか》えられた足が跳ね上がり、快感を堪《こら》えるたびに爪先《つまさき》がきゅっと丸まった。

気持ちがよすぎて、苦しい。

それは指が増やされてからも変わらなかった。

「ひぁっ」

ぐるりと中をかき回すようにされて、まだ触れられていない部分からとろりと先走りがこぼれる。

「もう十分だな」

「あっ」

ずるりと指が抜《ぬ》かれる。

右足を高く抱え上げられて、まだ何か入っているような気がする場所へ、熱いものが押し当てられた。

「や…っだめ……っ、入れちゃ…っ」

「嘘をつくな。本当は欲しくて堪《たま》らないんだろう？」

「ああっ」

ゆっくりと太いものが入り込んでくる。ひどい圧迫感《あっぱくかん》に息が苦しくなった。

けれど……。

「あ……あぁ…んっ」

少しずつ開かれていく感覚に呼応するように、ぞくぞくと背筋が震える。

こんなのだめだと思うのに、自分の体が悦《よろこ》んでいるのが分かった。これが欲しかったのだと、震えるほどの歓喜《かんき》が湧《わ》き上がってくる。

指を入れられたときとはまるで違《ちが》う感覚だった。

早くもっとかき混ぜて欲しい。

中に出して欲しくて仕方がない。

どうしてこんな風になってしまうのだろう。嫌《いや》だと思っても、どんどん快感がこぼれだし、まるで求めているかのように腰が揺《ゆ》れる。

「慌《あわ》てなくても、お前が腹一杯《はらいっぱい》になるまで注いでやろう」

そんなのいらないと突《つ》っぱねたかった。

けれど、ルネのそこはヘルムートのものを締《し》めつけて離《はな》そうとしない。

「ああっ、やぁっ」

強引に抜き出され、そこがめくれてしまうのではないかと思う。けれど、すぐにまた奥まで嵌《は》められて、びくびくと震える。

「ひぅっ」

制止の声はすぐにすべて嬌声《きょうせい》に変わった。

「気持ちいいだろう?」

悔《くや》しいけれど、ヘルムートの言う通りだ。

もう、気持ちがよくて、何も考えられなくなる。

「あっ、あっ、ああ……っ」

次第《しだい》に激しくなる動きに、濡《ぬ》れた声がひっきりなしにこぼれた。

何度も深い場所まで侵《おか》されて、開かれて、なのに苦しいとか痛いといった感覚は快感の中に溶《と》けてしまったようだ。

気持ちがよすぎて、おかしくなりそうだった。いや、もうおかしくなっているのか……。

「あぁっ、あっ…あっ、ヘルムートっ…ヘルムートっ」

「まずは一度……」

「ああ……っ」

最奥まで突き入れられ、背中がぐっと弓なりになる。

ヘルムートのものが自分の中でイッたのだとすぐに分かった。熱いものが体中に広がっていく。

頭の中が真っ白になる。

「は…っ……はぁっ…」

気がつくと、ルネ自身も絶頂に達していた。

「随分と気持ちがよかったらしいな」

からかうような声に、悔しさが湧き上がる。だが。

「まだ足りないだろう？」

「んんっ……」

中に入れられたものが一旦《いったん》引き抜かれ、今度は両足の膝裏を押し上げられた。

「あ、あ……ああ…っ」

どろどろになった場所に、もう一度ヘルムートのものが入り込んでくる。

「う…そ……だって…今イッたばっかなのに……っ」

もう硬《かた》くなっているものに奥まで開かれて、入れられた場所がひくひくと蠕動《ぜんどう》する。

「あぁっ、あっ」

イッたばかりで敏感《びんかん》になった体を、容赦《ようしゃ》なく攻め立てられた。

中で出されたせいだろう。さっきよりもよほどスムーズに律動される。

そうして、自分が何回イッたのか、中で何回出されたのかも分からなくなった頃《ころ》、ルネの意識はふっつりと途絶《とだ》えた……。

◯

ふと肩口《かたぐち》が寒く感じて、ルネは目を覚ました。

そして、目を開けた途端《とたん》、飛び込んできた光景にぎょっとして息を呑《の》む。

そこにはヘルムートの寝顔《ねがお》があった。

よく眠《ねむ》っているのだろう。深い呼吸音に、少しだけホッとする。

一瞬《いっしゅん》で目が覚めたな……と思いつつ、ゆっくり体を起こす。途端に腰《こし》が痛んで、思わずため息をこぼした。

前回といい昨夜といい、本当にひどい目に遭《あ》った、と思う。

「……前世から引き続き守り続けてきたケツが……。つか、どろどろだし」

自分の下半身を見つめてげっそりし、はああ、ともう一度ため息をつく。

「最悪……」

やはり、こんなところにはいられないと、まだ覚めきらない頭で考え、凹《へこ》みつつもなんとかベッドを出ようと足を降ろした。

途端、背後からウエストに腕《うで》が絡《から》みついてきて、ルネはぎゃー！　と悲鳴を上げる。

どうやらヘルムートを起こしてしまったらしい。

「……どこへ行くつもりだ」

「どっ、どこも何も帰るんだよっ」

ルネはそう言うと、ヘルムートの腕を解《ほど》こうと手をかける。だが、大して力が入っていないように思えるのに、腕はびくともしなかった。

「帰るも何も、俺がいなければ動けなくなることがあれで分かっただろう？」

そうだった。その問題があるのだ。

「お前は俺の傍《そば》にいるしかないんだ。今はもう少し寝《ね》ろ」

頭では、分かる。確かに、昨夜の飢餓感《きがかん》を思えば、ヘルムートの言葉は嘘《うそ》ではないのだろうと思う。しかし……。

「そんなわけない。あれは酒を飲んで風呂《ふろ》に入ったせいで体調が悪かっただけだし」

自分でもだだっ子のようだと思いながらも、そんな風に言わずにいられなかった。

案の定、ヘルムートの口からは呆《あき》れたようなため息がこぼれる。

「俺に抱《だ》かれるのは気持ちがよかっただろう？」

「ちょっ、指を入れようとするのはやめろ！」

身を捩《よじ》ってヘルムートの手を拒《こば》みつつ、ぞくりと背筋を這《は》い上がりそうになった感覚を必死で振《ふ》り払《はら》う。

ヘルムートは仕方ないというように、尻《しり》に回していた手を止めた。

「精気を与《あた》えられて体力も戻《もど》った。ここにいれば不自由ないというのに、なぜ嫌がる？」

「なぜって……そんなの……」

エロいことをするのが嫌だからに決まっている。

気持ちがよかっただろうとヘルムートは簡単に言うが、それこそがむしろ問題だと思う。

自分が自分でなくなる気がするほどの快感に、呑み込まれるのが怖《こわ》かった。けれど、さすがにそんなことを口にはできず、ルネは口ごもる。

「大体、あのとき『もっと生きたい』と言ったのはお前だろう？」

「えっ？」

突然《とつぜん》そう言われて、ルネは驚《おどろ》いて振り返る。ヘルムートはまだ眠たそうな顔でルネを見上げ、ゆっくりと起き上がった。

「——なんの話だよ？」

「封印《ふういん》を解いて、落石で死にかけたときだ。お前がそう言ったんだろう？　だから俺はお前を生き返らせたんだ」

ヘルムートの言葉に、ルネは言葉を失う。

確かに、言った。まさか、それがヘルムートに聞こえていたとは思わなかった。

いや、そういえばあのとき、誰《だれ》かが『分かった』と答えたような気がする。

あれが、ヘルムートだったということだろう。

「……そうだったんだ」

つまり、ヘルムートは単にルネが恩人だから生き返らせたわけではなく、それがルネの望みだったから叶《かな》えたということか。

「まあ、それはその……なんていうか…………ありがと？」

何を言えばいいか迷った挙げ句、とりあえず礼くらいは言うべきだろうと、ルネはおずおずとそう口にする。

しかし、途端に驚いたような顔で凝視《ぎょうし》されて、気まずさに耐《た》えきれず、再び背中を向けた。

「け、けど、いくら生き返らせるためって言っても、こんな方法しかなかったのかよ？」

そして、取り繕《つくろ》うようにそう言った。

「こんな？」

「いちいちお前の精気を注ぐ、みたいな……そういうの以外にはなかったのかってこと！」

口にするのも恥《は》ずかしく、思わず早口になったルネに、ヘルムートがクスリと笑う。

「人間を生き返らせるなど、初めてのことだったからな。これしか方法は思いつかなかった。時間もなかったしな」

「けど、助けるためとはいえ、あんなのは……」

「何か問題か？　お互《たが》いに気持ちがいいのだから合理的だろう？」

「き、気持ちがいいとかじゃなくて！　え、エッチは好きな人とやるべきだろ？」

気持ちがよければオールオッケーというのは、やっぱりどう考えても間違《まちが》っている。

ひょっとしたら魔族《まぞく》的にはありな価値観なのかもしれないが……。

そんなことを考えていたルネは、剝《む》き出しの背中がひやりと冷たくなったのを感じた。

「――好きな相手、か」

「そ、そうだよ」

もともと落ち着いた声だが、一段と低い声でそう言われて、ルネはおそるおそるヘルムートを振り返る。

だが、振り返ってすぐに後悔《こうかい》し、再び背を向ける。

よく分からないが、いつになく据《す》わった目をしていた。

――なんで突然キレてるんだ？

「……お前が帰りたがっているのは、あの村に誰か好きな相手や、待っている者がいるからなのか？」

訳が分からないまま、ルネは訊《き》かれたことを考える。

好きな相手や待っている人間か……。

「親兄弟もいないし、嫁《よめ》も……話はあったけれど今んとこいない。待ってそうな相手っていうか、待ってて欲しいとか言ってた相手はいるけど、俺は別に……っていうかむしろ逃《に》げてたし。つか、そいつから逃げたせいでお前の封印解いちゃって大変な目に遭ったんだしな。あとはなんだっけ？　あ、そうか、俺が好きな子だっけ？　それもいなかったな」

あらためて考えると、随分淋《ずいぶんさび》しい生活である。

「なんだ。そうなのか」

今度の声は普通《ふつう》だった。おそるおそる振り返ると、表情もいつも通りだ。

さっきのは聞き間違いの見間違い、気のせいだったのだろうかとさえ思う。

「それならば、別に帰る必要はないだろう？」

「それは……そうかもしれないけど」

確かに、そういう風に考えれば、あの村に帰らなければならない明確な理由があるわけではない。実際、しばらくは離《はな》れようと思っていたのだ。

しかし自分が望んでいるのは、ただただ平凡《へいぼん》な生活である。そのための拠点《きょてん》として、生まれ育った村はベストだった。

それに……。

「こんなのは変だろ。魔族とか人間とかいう以前に男同士だし！　あと……今はいないって言っても、やっぱりこういうことは好きな相手としたいし……」

「ならば、俺を好きになればいいだろう？」

ボソボソと反論したルネに、ヘルムートは当然のことのようにそう言った。

ルネは呆れ、半眼になってヘルムートを見つめる。

「人のこと、エロいことが思う存分できる相手としか認識《にんしき》していないような奴《やつ》はお断りだっての。男って時点であり得ないし……」

「あり得ないことはないだろう？　性別も種族の違《ちが》いも、俺は拘《こだわ》らないぞ？」

「俺が拘るの！　それに、そんなこと言ったってそもそも、お前だって俺のこと好きってわけじゃないだろ？」

「好き？」

ルネの言葉に、ヘルムートは不思議そうに首を傾《かし》げ、それから何ごとか考え込むように沈黙《ちんもく》した。

「……ふむ。確かにそういった感情を持ったことはないな」

自分の言葉を吟味《ぎんみ》するように、ゆっくりと言う。

「そうだろ？　だったら――」

ヘルムートの言葉に、ルネは勢い込んでそう口にする。けれど。

「お前のことは……そうだな。手放したくないと思っている」

ヘルムートの目が、真っ直《す》ぐにルネの目を覗《のぞ》き込む。言葉よりも、その瞳《ひとみ》にドキリとして、ルネは口を噤《つぐ》んだ。

「抱《だ》けば抱くほど手放したくなくなるのは、なぜだろうな？」

ヘルムートがそっと手を伸《の》ばし、ルネの頬《ほお》に触《ふ》れた。そのいつにないやさしい手つきに、頬がじわりと熱くなる。

「な、なぜだろうなって……そんなの俺が知るわけないだろっ」

自分の反応に驚き、ルネは慌《あわ》ててその手をはたき落とした。

ドアがノックされたのはそのときである。

「魔王様《まおう》、よろしいですか？」

パイロープの声だった。

「――――入れ」

ヘルムートの応《こた》えにドアが開き、パイロープが入ってくる。背後に二人の女性が控《ひか》えていた。

一人は昨夜、風呂《ふろ》までの案内をしてくれた少女だ。

ルネは慌ててベッドの下に降ろしていた足を引き上げ、布団《ふとん》の中へと隠《かく》す。

「おはようございます。そろそろ謁見《えっけん》の時間ですがいかがなさいますか？」

「もうそんな時間か。……分かった。向かおう」

ヘルムートは驚《おどろ》いたように目を瞠《みは》ったが、そう言って頷《うなず》く。

ベッドを降りると、一緒《いっしょ》に入ってきた女性たちがヘルムートに近づく。着替《きが》えを手にしていた女性はそれを捧《ささ》げ持ち、何も持っていなかったほうの女性が、ヘルムートの脱《ぬ》ぎ落としていく服を拾い集める。

何かの映画で見たように、脱がせたり着せたりはしないんだな、などと考えつつ、ルネが見つめていると、ヘルムートがルネへちらりと視線を向ける。

「俺が戻《もど》るまで、とりあえず部屋で大人しくしていろ」

「大人しくって……」

まるで子どもに言うような言葉に、むっとして睨《にら》んだものの、ヘルムートの視線はすでにパイロープへと向けられていた。

「パイロープ、ルネの面倒《めんどう》はお前が見ろ。他《ほか》の者には触れさせるな」

「……かしこまりました」

パイロープはヘルムートの言葉が意外だったのか、わずかに目を瞠り、それから深く頭《こうべ》を垂れる。

ヘルムートはそのまま、部屋を出て行く。

「お前たちももう下がれ」

ヘルムートの言葉のせいだろう、パイロープがそう言うと、女性たちは手にしていた残りの服を置いて姿を消した。

「とりあえず、これが着替えだが……そんな体では服が汚《よご》れるな。先に風呂を使うか？」

じろじろと姿を見られて、ルネはカッと頬を染め、こくりと頷く。

ヘルムートのせいでとんだ辱《はずかし》めを受けた……と、ますます恨《うら》みが募《つの》ったが、パイロープに当たっても仕方がない。

「風呂《ふろ》はこちらの扉《とびら》の奥だ」

そう言ってパイロープが示したのは、寝室《しんしつ》にある扉の一つだった。てっきり廊下《ろうか》に出て、昨夜の風呂場へ行くのかと思っていたが、この部屋には風呂が付いているらしい。

「ああ、そうだ。一つ言っておくが、一人であまりふらふらしないようにな」

「……どうしてだよ？」

風呂を出たあとどうするか、具体的に考えていたわけではないが、ふらふらするなと言われると理由が気になる。

「魔族にもいろいろな者がいる。中には魔王様に取り入ろうとする輩《やから》もいてな。私も頭が痛い」

そう言うと、パイロープは軽くこめかみを押さえてため息をついた。

「いいか？　この際言っておく。お前は分かっていないようだが、封印《ふういん》が解かれてから、お前が魔王城にやってくるまでに、すでにお前の存在は魔王様が公《おおやけ》にしておられる。嫁にといった話も出ている以上、ベリルのように娘《むすめ》を差し出したい一族にとってはお前の存在は邪魔《じゃま》者以外のなにものでもないだろう」

「って、嫁の件はあんたが言い出したんだろ！」

「この部屋にいる限りは安全だが、それ以外では何が起こるか保証はできない。肝《きも》に銘《めい》じておくことだ」

相変わらずのスルースキルでパイロープはルネの苦情を無視すると、そう言って冷ややかな目でルネを見下ろした。

「だ、だけど、俺は嫁になんかならないし」

正直腰《こし》が引けていたが、それだけは認める気になれず、ルネはそう言い返す。

何が起こるか保証はできない、なんて完全に脅《おど》し文句である。好きでここにいるわけではないというのに、迷惑《めいわく》な話だ。

「そうだ、パイロープさんがそれは全部誤解だって説明してくれれば……」

「誤解も何も事実だろう」

「事実じゃないよ!?　そもそも俺はいやだって言ってるし!」

「魔王様が嫁にと言うのだから、お前の意志など関係ないだろう」

当然のようにきっぱりと言われて、ルネはがっくりと肩《かた》を落とす。もともとの原因がこの人の発言だとしても、さすがにこれ以上この相手に何を言っても無駄《むだ》だろうことは分かる。

やはり、ヘルムート本人に撤回《てっかい》させるほかなさそうだ。

「けど、何が起こるかって……まさか命までは取られない……よな?」

「さてな。――――ああ、だが、魔族《まぞく》の中には、魔王様が封印されたことで人間そのものを憎《ぞう》悪《お》している者もいることは確かだな。ともかく、部屋からは出るな。忠告はしたぞ」

そう言うと、パイロープは着替えをベッドに置いて、部屋を出て行ってしまった。

「………それってやっぱり殺される可能性もあるってことじゃん」

ルネは閉じられた扉を見つめ、そう呟《つぶや》くと思わずため息をこぼす。

いや、でもそもそも一度死んでいるのだから、殺されるというのもよく分からない話なのだが。

とりあえず、これからどうしたものかと悩《なや》みつつ、ルネは着替えを手にベッドを降りる。

途端《とたん》に腰《こし》が痛んだが、歩けないほどではない。むしろとろりと中から何かがこぼれ落ちてくるような感覚にしゃがみ込みそうになった。

それがなんなのかということは考えたくもない。

「くそ……っ、もう絶対許さない……っ」

この前よりもひどい気がする。いや、この前はいろいろとありすぎてだらだら垂れているのも気にしていられなかっただけか。

どちらにしろひどい話だ。

「あのエロ魔王……最低にもほどがあるだろ」

ぶつぶつと文句を言いつつ、なんとか風呂場の扉を開けると、なんのことはない昨夜も見た風呂だった。

そういえば奥に一つ、扉が見えていたことを思い出す。あれがこの扉だったのだろう。

洗い場でむきになって体を洗ってから、湯船に浸《つ》かる。

「はー……」

温かいお湯にもちっとも癒《いや》されない気分で、ぼんやりと湯気の立ち上る天井《てんじょう》を見上げる。

「これからどうしよ……」

さっきはもう帰る！　と思って飛び出そうとしたが、よく考えてみれば自分はここがどの辺りにあるのかも知らないのである。

魔王城が復活したという話は聞いたが、目視できるような場所では絶対になかったし、ここまでだってどうやって連れてこられたのか分からない。

パッと移動したような気がしたが、あれはおそらく魔法《まほう》であり、距離《きょり》が近いということにはならないだろう。

さらには、パイロープが言っていたように、人間たちの間ですでに自分が人間の敵ということになっている可能性もある。そして、実際のところはどうなのかを確かめる術《すべ》はない。

しかも、この部屋を出れば、殺されてもおかしくはないというし……。

魔王《まおう》があんなんだし、パイロープも怖ろしい外見ではないため緊張感《きんちょうかん》がないが、魔族と言えば普通《ふつう》は、極悪《ごくあく》非道で残虐《ざんぎゃく》で、世界征服《せいふく》を目論《もくろ》んでいて、勇者に世界の半分をやろうとか言うのが普通だ。魔族ではない自分が殺されても、何もおかしくない気がする。

第一、ここは魔王城なのである。いわゆるラストダンジョン。単なる村人であるルネが、単身脱出《だっしゅつ》できるような場所ではないだろう。

「八方塞《はっぽうふさ》がりってこういうこと言うんだよな……多分」

そうして解決策が見つからずにため息をつくうちに、頭が痛くなってきた。

と言っても、気持ち的にではなく、身体的な話である。

どうやら、少しのぼせてしまったようだ。

「やば……」

今日は酒が入っているわけでもないし、普段《ふだん》ならこの程度は長風呂《ながぶろ》しても問題ないのだが……。

体調が万全《ばんぜん》でない……どころか一度死んでいることを考慮《こうりょ》するべきだったのかもしれない。

早く出て、水分を取ろう。部屋に水分があったか覚えていないが……。

そんなことを考えながら、ルネはふらふらと湯船を出ると、体を拭《ぬぐ》うのもそこそこに渡《わた》された服を広げる。

けれど。

「あ……」

くらりと目の前が揺《ゆ》れる。

結局それを着るより前に、ルネはその場にばったりと倒《たお》れ込んでしまったのだった……。

「あれ……」

ぼんやりと目を開けたルネの視界に、どこか心配げな顔のヘルムートが映る。

こんな顔もするのかと思った途端、ホッとしたような、少し呆《あき》れたような笑顔《えがお》になった。

「つくづく風呂場で倒れるのが好きなやつだな」

その言葉に、自分がのぼせて風呂場で倒れたことを思い出す。

「別に好きで倒れたわけじゃないし……」

特に昨日は。

「やはり人の体は脆弱《ぜいじゃく》なものなのだな。お前の場合はまた、特殊《とくしゅ》だが」

そう言いながら、ヘルムートは大きな手でルネの顔をそっと撫《な》でる。

「まあ、このまま精気を注いでいれば、いずれ魔族化する。そうなればこんなことで倒れることもない。もう少しの辛抱《しんぼう》だ」

「……別に望んでないんだけど。むしろ人間のままのほうがいいし」

「無理を言うな。お前は今、人間と魔族の間の存在――いわばアンデッドのようなものだ。俺の精気で魔族として生かすことはできても人に戻《もど》すことはできない。いや、正確に言えば、人に戻すということは死んでいる体に戻る、ということ。つまり、死体になるということだぞ？」

死んでいる体に戻る、というのはなんとも奇妙《きみょう》な言い回しだ。

けれど、どういう意味かはなんとなく分かった気がする。

「それって、ようは魔族になるか死ぬかの二択《たく》ってこと？」

「そういうことだな」

あっさりと頷《うなず》かれてため息がこぼれる。

死ぬのはやはり嫌《いや》だ、と思ってしまうのは、生き物の業《ごう》だろうか。

魔族になるくらいなら今すぐ死ぬと言えれば、かっこいいのかもしれないが、そこまで思い切れないというのが正直なところだ。

「なぜそこまで魔族になるのを厭《いと》う？」

「――――なんでって……言っただろ。俺は平凡《へいぼん》な人生を生きて、今度こそ老衰《ろうすい》で死ぬのが目標なんだよ。魔族なんてなりたいわけないっての。特に、魔王の嫁《よめ》なんて役割は絶対にお断りだから!!」

魔族というだけですでに『人生』を生きられない上に、『平凡』まで消し飛ぶ状況《じょうきょう》なんて、冗談《じょうだん》じゃないと思う。

「大体、魔王の花嫁って言ったらお姫《ひめ》様だろ！　なんで俺が嫁なんだよ。村人Ａだぞ？　普通は姫が攫《さら》われて、勇者がそれを助けに……――」

そう言いかけて、思い出す。

勇者であるディールが、自分を好きらしいということを。

『勇者＝ディールが好きなお姫様＝ルネ』という公式が脳裏《のうり》に浮《う》かぶ。

「……つまりアレか？　あそこでディールとの恋愛《れんあい》フラグをへし折れなかったのが全部悪いのか……？」

冷静に考えればそんなわけはないのかもしれないが、そもそも自分がヘルムートを復活させることになったのも、ディールから逃《に》げていたのが原因なのである。

そう思うと、なんだか因果のようなものを感じずにはいられない。

「……信じない」

「うん？　何をだ？」

ルネの呟きに、ヘルムートが不思議そうな顔をする。

「何もかも全部だよ！…………とにかく、俺はもう寝《ね》る！」

もう何も考えたくない、と思ってしまうのは罪なことだろうか。

そんなことないと信じたい。

「おい、ルネ」

「寝るったら寝る！」

ルネはそう言うと、上掛《うわが》けを頭の上まで引っ張り上げて、不貞寝《ふてね》を決め込んだのだった。

○

「したいこと？」

「ああ。何かあるか？」

翌日、昼食の席でそう訊《き》かれて、ルネは深いため息をこぼした。

「したいことも何も……とにかく帰りたい。平凡に暮らしたい」

ずっとそう言っているではないか、と思い、ついつい睨《にら》み付けたルネに、ヘルムートはそうかそうかと頷く。

「したいこともないようだし、抱《だ》かせろ」

「なんでそうなった⁉」

もちろん、帰してもらえると思って言ったわけではないが、飛躍《ひやく》もいいところである。

「お前は精気を貰《もら》えるし、俺は気持ちがいい。建設的だろう？」

「むしろ破滅《はめつ》的だよ！」

一国一城の主《あるじ》が、午前中からやることしか考えていないというのはどうなのかとも思う。

「そんなことするくらいなら、したいことなんていくらでも考えるから」

「そうか？　では言ってみろ」

「えっ？　いや、えーと……」

いくらでも考えるとは言ったが、すぐさまそう言われて、言葉に詰《つ》まる。

「思いつかないなら――」

「と、とりあえず魔王《まおう》城見学したい！」

皆《みな》まで言わせず、そう言ったルネに、ヘルムートは意外にもいやな顔を見せず、あっさりと頷く。

「そんなことか。いいぞ、いくらでも見せてやろう」

咄嗟《とっさ》の思いつきだったが、とりあえずは時間が稼《かせ》げたと、ルネはホッと胸を撫で下ろした。

それに、考えてみれば悪い話でもないだろう。

今は無理でも、いずれ機を見てこの城から逃げ出すなら、内部の構造は知っておいたほうが断然有利だ。

魔族《まぞく》になることが避《さ》けられないとしても、魔王の嫁になることは阻止《そし》したい。

それに、昨夜上掛けの中に潜《もぐ》ってじっくり考えて気付いたのだが、ヘルムートは『俺の精気で魔族として生かすことはできても人に戻すことはできない』と言った。

それは、魔族側からはという意味もあるのではないだろうか？

つまり、人間の側――勇者とか、聖女とか……教会とか？　そういった人や場所ならば逆に魔族を人間にする方法があるのではないだろうか？

ゲームなら、大抵《たいてい》の呪《のろ》いは教会に行けば解けるものと相場が決まっている。解呪《かいじゅ》アイテムを扱《あつか》っている商人も世界のどこかにはいるかもしれない。

都合のいい考えかもしれないが、絶対に無理だと諦《あきら》めてしまうのは早い気がする。無駄《むだ》かもしれないが、できるだけのことはしておきたかった。

そして、この魔王城見学はそのための、大きな一歩になるだろう。

そう思うと俄《にわか》にやる気が湧《わ》いてきて、ルネは皿に残っていた食事をさっさと腹に詰め込んでしまった。

「ごちそうさまでしたっ」

「もういいのか？」

「うん！」

ヘルムートの言葉に、元気よく頷く。ヘルムートはそんなルネの様子に満足げに微笑《ほほえ》んだ。

「ならば行くとするか」

立ち上がったヘルムートに続いて、部屋を出る。

昨日歩いた廊下《ろうか》を通り、吹《ふ》き抜《ぬ》けの回廊《かいろう》をぐるりと回る。

「あんまり人いないんだな……」

いや、正確には人ではなく、魔族なのだが。

「この辺りまで入れる者は限られているからな。特に今はまだ全員が目覚めたわけでもない」

「目覚める？」

その言葉に、ルネは首を傾《かし》げた。

「ふむ。あまり人間には知られていないのか？」

ヘルムートはそう言うと、歩きながら現在の状況について解説をしてくれる。

どうやら、魔王であるヘルムートが封印《ふういん》されたことによって、城も、魔族という種族全体も一緒《いっしょ》に封印されていたのだという。

「確かに、魔王城が復活したっていう話は聞いたけど……」

考えてみれば、建物である城が復活したというのもおかしな話である。

「俺が封印されていた間は、この城は隠《かく》されていたからな。人間からすれば復活したように見えたのだろう」

そもそも人の立ち入るような場所ではないしな、と言われて、そんなに人里から離《はな》れているのかと少し心配になる。

「今は徐々《じょじょ》に魔族が目を覚ましているところだ。全員が目覚めるまでにはまだ時間がかかるだろう」

「ふうん……それで？　全員目が覚めたら世界征服《せいふく》でもするのか？」

「世界征服？」

ルネの言葉に、ヘルムートは驚《おどろ》いたように目を瞠《みは》り、笑い出した。

「な、なんだよ？」

「いや、それも悪くはないかもしれんな」

とても本気とは思えない態度でそう言ったヘルムートに、ルネは目を瞬《またた》かせる。魔王の目的としては順当なところだと思っていたのだが、どうやら違《ちが》うらしい。

「……じゃあ、人間を滅《ほろ》ぼす、とか？」

「必要ないだろう」

あっさりと言われて、言葉を失った。

「もちろん、国土を侵《おか》されれば戦わないわけではないし、身を守る必要はあるだろうが……。封印されるというのも貴重な経験だったが、二度はごめんだからな」

「そりゃ、そうだろ……」

呟《つぶや》きつつ、なんだか自分が考えている『魔王』とは全然違うな、と思う。

でも、もし魔王が世界征服する気もなくて、人間を滅ぼすつもりもないというなら、なんで人間は魔王を退治しようとしているのだろう？

なんとなく、人間が魔王を倒《たお》そうとするのは当たり前な気がして、今まで疑問にも思わなかったけれど、こうして考えてみるとおかしい気がする。

「なんか誤解があるのかな？」

そう、ぽつりと呟いたときだった。

「魔王様」

背後から声を掛《か》けられて、ヘルムートが足を止める。ルネも足を止め、振《ふ》り返った。

「パイロープか。どうした？」

「少々お耳に入れておきたいことがありまして……」

そう言うと、パイロープはちらりとルネに視線を向ける。

「……分かった」

どうやらルネには聞かせられない話のようだ。ヘルムートは頷《うなず》くと、ルネへ向き直る。

「なるべく早く戻《もど》ろう。それまでは好きに見ているがいい。――これを」

言いながら、ヘルムートは自分の小指に嵌《は》まっていた指輪を一つ外し、ルネへと差し出す。

「なんだよ？」

「指輪だ」

「それは分かるよ！　そうじゃなくて、なんでこんなものを渡《わた》すのかって訊いてるんだろ」

「お前が俺のものだという目印だ。他《ほか》の者がお前に手を出さないようにな」

「ええー……」

正直、指輪とかなんか気持ち的に重くていやだな、と思ってしまうのは自分だけだろうか。

嵌めたら最後というか……。

もちろん、この世界には結婚《けっこん》指輪の習慣はないから、意味はないのだろうけれど。

「命が惜《お》しければ、必ず身に着けておけ」

「――分かったよ」

そう言われては、さすがに逆らう気にもなれない。仕方がないと諦めて、ルネは指輪を手に取り、とりあえずサイズの合いそうな左手の中指に嵌める。

それを見届けるとヘルムートは踵《きびす》を返し、パイロープとともに来たほうへと戻っていく。

「……けど、好きに見て回れって言われてもなぁ」

言いながら、ルネはきょろきょろと辺りを見回しつつ、歩き出す。ここは階層的に高いらしく、下のほうに人影《ひとかげ》が見える。

けれど、あそこに降りていく気になるかと言えば……。

「おい、お前」

迷いつつ、足を進めていたルネは、声のしたほうへと視線を向けた。

実際のところ、その声が自分にかけられたと思ったわけではなく、誰《だれ》かいるのかと思っただけだったのだが、そこにいた男は真っ直《す》ぐにルネを見つめていた。

着ている服は、仕立てのよさそうな洋装で、着けているマントも裾《すそ》に刺繍《ししゅう》が入っている。全体的に貴族っぽいが、体型はがっちりとしていて、なんというか中ボスっぽい。

髪《かみ》は赤く、瞳《ひとみ》は茶色をしている。よく見ると虹彩《こうさい》が縦に長い。

「人間風情《ふぜい》がこんなところで何を――」

言いかけて、男はルネの指に嵌まった指輪に気がついたらしい。

「そうか、お前が例の……」

今度は頭の天辺《てっぺん》から足の先までじろじろと見られて、ルネは首を竦《すく》める。

なぜだろう？　やたらと敵意を感じる。

刺《さ》すような、というより焼き殺そうとでもしているかのような視線である。初対面の相手に向けるような視線ではないと思うのだが、これがパイロープの言っていた『魔王《まおう》様に取り入ろうとする輩《やから》』というやつなのだろうか？

「なぜお前を生かしておくのか……魔王様はおやさしすぎる。さっさと力を返してここから出て行くことだ」

吐《は》き捨てるようにそう言って、男は踵を返すとさっさと姿を消した。

「はー……」

ルネはいつの間にか詰《つ》めていた息を、ようやく吐き出す。

ほんのわずかな時間だったのに、手のひらに汗《あせ》を掻《か》いていた。やはり村人Ａに中ボスの相手は務まらないと思い知った。

けれど一人になり、恐怖《きょうふ》が薄《うす》れると、じわじわと怒《いか》りが沸き上がってくる。

「俺だって、さっさと出て行きたいっての！」

思わずそう悪態を吐《つ》き、深いため息をこぼす。

だが、怒りが収まってくると今度は、本当に無事ここから帰れるのだろうか？　と心配になってくる。

あんな風に敵意を剥《む》き出しにされて、ようやく自分があらゆる意味でアウェイにいるのだと気付かされた気がする。

「とりあえず……」

当初の予定通り、少しでも情報収集をしよう。

一人でうろうろしている今は、きっとチャンスだろう。

「いざってときのために、とりあえずここがどこにあるかだけでも知っておくのは大事だよな……」

呟いて、ルネは上に向かう階段を探し始める。

できれば高いところから、外が見たいと思ったのである。もちろん、下に見える魔族《まぞく》たちを避《さ》けたいという気持ちが全くなかったとは言わないけれど。

結局ぐるぐると歩き回るうちルネは高そうな塔《とう》を発見し、その天辺へと向かうことにした。

石造りの塔の内部は決して明るくはなかったが、足下《あしもと》が見えないほどではない。

手すりも何もない急な階段を壁《かべ》に手を突《つ》くようにして上っていく。

そうして。

「うわ……」

やがて辿《たど》り着いたのは、見張り台のようなひらけた場所だった。

強い風が吹《ふ》いている。

久し振《ぶ》りに外に出た気がして、ルネは大きく深呼吸する。気持ちがいい。

ぐるりと囲む塀《へい》は胸ほどの高さで、端《はし》まで行くと辺りを一望することができた。

「なんかこれ、城っていうか」

むしろ街ではないか？　と思う。

魔王城は思った以上に大きかった。城というよりも一つの街のように見える。城壁《じょうへき》らしきものの中にいくつもの建物があり、そのすべてが回廊《かいろう》で繋《つな》がっているようだ。

ここから出ること自体が、大変なことだというのは容易に想像がつく。

「……ゲームとはやっぱり違うよな」

その上、周りを見回せば広大な敷地《しきち》の外は深い森がぐるりと囲み、身一つで通り抜《ぬ》けるには相当な困難が予想される。森は一部にぽっかりと穴が空いていて、そこは湖のようだ。

その森の先は、片側が山、逆は草木の色が見えなくなる。荒野《こうや》のようだが遠すぎてよくは分からない。

とりあえず、見える範囲《はんい》に魔王城以外の建物はなく、当たり前かもしれないが、人家らしきものもない。

「詰んでる……」

ぽつりと呟いて、ルネはため息をこぼす。

「これって本当にヘルムートに送ってもらう以外、脱出《だっしゅつ》方法なさそうだなぁ……」

どう考えても逃《に》げる＝死だ。

人家がないということは、ある程度当たりを付けて人の住んでいそうな場所へ向かうべきなのだろうが、そもそもこの世界には、きちんとした世界地図は出回っていない。そのため、すぐそこに村が見えるとかでない限り、ここが世界のどの辺りなのかという場所を特定することすら難しい。

この世界における主な移動手段は馬や、馬車であり、人の生活範囲は極端《きょくたん》に狭《せま》い。特にルネのような極《ごく》平均的な村人は、村と、村からもっとも近い町以外の場所へ移動することすらないまま一生を終えることも多い。

それが普通《ふつう》の、平凡《へいぼん》な生き方なのだ。

こんな世界のどこかも分からない場所にやってくることになるなんて考えたこともなかった。

ここで魔王の嫁《よめ》とやらになるのも、森で野垂れ死ぬのも、自分の思う平凡な生活からはかけ離《はな》れている。

唯一《ゆいいつ》考えられる可能性は、ディールがヘルムートを倒《たお》しに来て、一緒《いっしょ》に村に帰るというものだが、それはそれでもうディールエンドフラグが立つし……。

というか、この上ディールにまでやられるなんて冗談《じょうだん》じゃない。

もちろん、ヘルムートが相手なら一度やられたしもういいか、と開き直るのも絶対に無理だった。

自分でもどうかと思うくらい気持ちよかったけれど、あんなのがクセになってしまったら女の子と結婚《けっこん》するなんて夢のまた夢になってしまいそうで怖ろしい。

いや、すでに今の状況《じょうきょう》からしてかなり夢になりつつあるのだけれど。

「……そういえば」

自分は本当に人間の敵だと、認識《にんしき》されてしまっているのだろうか？

魔王を復活させた、希代の悪党のように思われている可能性もなきにしもあらずだ。

「だとしたら、結婚なんて無理だよな」

下手したら、結婚どころか村で暮らすことすら無理なのではないかと思い当たって、さすがに気分が落ち込んでくる。

もちろん自業自得《じごう》だとは思うし、むしろたとえ知られていなくても、魔族が復活したことで誰かが怪我《けが》をしただの死んだだのという話になったとしたら、自分の平凡な暮らしがどうこう言っていられないとも思う。

ヘルムートが、世界を征服《せいふく》するつもりも、人間を滅《ほろ》ぼすつもりもないと言っていたのが救いだった。

「でも、そんなの人間側は知らないよな。だからディールが勇者として派遣《はけん》されたんだろうし」

やっぱり、自分はこのまま魔族になるしかないのだろうか？

もしも人間に戻《もど》る方法が見つかったところで、生きる場所がないならば意味がない。

「いっそ、魔族の女の子と結婚して平凡な生活を……」

「そんなことを許すと思うか？」

「うわっ」

突然《とつぜん》声を掛《か》けられて、ルネはびくりと肩《かた》を揺《ゆ》らした。

「……びっ……くりした」

いつの間に来たのか、すぐ後ろにヘルムートが立っている。どうやら用事は済んだらしい。

「高いところが好きなのか？」

ヘルムートはそう言ってルネの隣《となり》に立つ。

「嫌《きら》いじゃないけど、好きだから上ったわけじゃないよ。自力で帰れないかと思って周りの様子を見に来ただけ」

別に隠《かく》す必要もないだろう。

ヘルムートはそんなルネの態度に笑う。

「それで？　帰れそうか？」

分かっていて訊《き》いているというのが丸分かりの態度に、ルネはむっとして顔を背《そむ》ける。

「全然無理。出たらすぐ死にそう。村人Aの体力じゃ全然太刀打《たちう》ちできない」

半ば自棄《やけ》になってそう口にすると、塀に寄りかかり下を見る。

「お前さー、なんでこんな辺鄙《へんぴ》なとこに城造ったんだよ？」

「辺鄙か？」

ヘルムートが首を傾《かし》げる。

「城を建てた頃《ころ》は、今よりさらに人は少なかった。ここだけでなく、どこもこんな感じだったんだ。むしろ、ここに城があるから人の里が遠くにあるというだけだろう」

「なるほど……って、ちょっと待て。人が少ないほど昔ってどんくらいだよ？」

「うん？　そうだな、はっきりとは分からんが――四百年ほど前か？」

「…………」

一言で四百年と言われて、ルネはぎょっと目を見開く。

「といっても、そのうちの百年ほどは封印《ふういん》されていたわけだが」

確か、ルネの暮らしていたハルニール王国が建国されたのが、百五十年ほど前だと聞いたことがある。

イルンのような田舎《いなか》の村には、王という存在自体が遠く、国という単位もあまり意識しないものだった。唯一ここも国の一部なのだなと思うのは、税を徴収《ちょうしゅう》されるときくらいだ。歴史について学ぶような機会もない。だから、確かなことではないが、少なくとも四百年前には影《かげ》も形もなかったはずである。

「だからか……」

「何がだ？」

「――――正直、この城の文化レベルが、俺の住んでいた村より進んでるように見えてたんだけど、歴史の長さ自体が違《ちが》ったんだなって思ってさ」

建築や、服装など、魔法《まほう》という人にない力の存在があるにしても、随分《ずいぶん》と時代が進んでいるように感じていた。

「ちょっと、気になったんだけど」

「なんだ？」

「どうして、ヘルムートは封印されたんだ？」

人間サイドとしては複雑だが、正直魔族《まぞく》と人間では魔族のほうが有利な気がしてならない。

「そもそもなんで人間と戦おうと思ったんだよ？　昨日は、人間を滅ぼす気はないみたいなこと言ってたのに」

「それも伝わっていないのか？　いや、史実というものは都合の良い方向に曲げられるものだからな……」

ヘルムートは、ルネの言葉に驚《おどろ》いたようだったが、すぐに納得《なっとく》したように頷《うなず》く。

「人間たちの間でどういった形で伝わっているかは知らないが、もともと仕掛《しか》けてきたのは人間のほうだぞ」

「え？」

今度は、ルネが驚く番だった。

「人間が？　先に攻撃《こうげき》したってこと？」

「ああ、そうだ」

そう頷くと、ヘルムートは人間と魔族の間に起こった戦争について、かいつまんで話をしてくれた。

曰《いわ》く、人間たちは何度もこの魔王城《まおう》に『勇者』を送り込み、魔族を討《う》ち滅ぼそうとしてきたのだという。

「もちろんそれまでも小競《こぜ》り合いがなかったわけじゃない。人の精気を糧《かて》とすることのできる魔族もいるからな。それが人間たちには脅威《きょうい》に思えたのだろう。だが、こちらには特に戦いを挑《いど》む理由がない。魔族は人と違ってそれほど増えないからな。国土を増やす必要もない。この城の周囲だけで十分なほどだ」

「ってことは、ここ以外に拠点《きょてん》とかないの？」

「ないな。今も言ったが、ここで十分なほどの数なんだ。魔族というのはな」

ヘルムートが言うには、魔族は非常に寿命《じゅみょう》が長く、その分人のように子どもを作る魔族は非常に少ないのだという。

「だったらなんで嫁なんて……」

「子を生《な》す魔族は少ないが、皆無《かいむ》ではない。そういった者の中には、パイロープの言うように俺に取り入ろうとする者もいる。いや、そういった者ほど取り入ろうとする……というのが正しいか」

「……つまり俺は虫除《むしよ》けみたいな」

「パイロープはそのつもりだろうな」

自分は違うとでも言うのだろうか？

微笑《ほほえ》んで肩を抱《だ》き寄せてくるヘルムートを、慌《あわ》ててぐいぐいと押し返す。

「けど、それじゃあ魔族って全然増えないのか？」

「いや？　人のように子を生すのが珍《めずら》しいというだけだ」

そもそも魔族はどこにでも生まれるが、生まれると魔王の魔力《まりよく》に惹《ひ》かれて集まってくるので、城自体もいわば飾《かざ》りであり、ヘルムートがいる場所が拠点のようなものなのだという。

「人間は知らないことだ。知っていれば、俺を人間側の領土で封印しようなどと考えなかっただろう」

「どういう意味？」

「言っただろう？　魔族は俺の魔力を感知する。もし、俺が封印されても、魔族が眠《ねむ》りに就《つ》かなかったらどうなっていた？」

魔族が眠らずにいて、その上ヘルムートの居場所が感知できるなら……。

「……捜《さが》しに行く、よね」

「ああ。そうなっていれば、さらに戦争は激化したかもしれんな」

それはそうかもしれない。

ヘルムートが封印されたことで魔族も一緒《いっしょ》に眠りに就いたことは、人間側にとって予想以上に幸運なことだったのだろう。

「けど、そっか。それで、封印を解くやつがいなかったのか……」

見つからない場所に秘されていたから、というわけではなかったらしい。

解く者自体がいなかったのだ。

「そういうことだな」

「……そもそもなんで封印されたんだ？」

最初の質問に戻ったルネに、ヘルムートが苦笑《くしょう》する。

「和平交渉《こうしょう》を行うと言われてな。――人間にも謀略《ぼうりゃく》の得意な者がいたということだ」

「……だまし討ちにされたってこと？」

「そういうことだな」

ヘルムートはそう言って苦笑する。

ルネはなんとも言えない気持ちになった。

そういった話は日本の神話にもあったと思う。酒を飲ませて首をはねるような話が。けれどそれは自分からは遥かに遠い話で、目の前に被害者《ひがいしゃ》がいるとなれば微妙《びみょう》な気分にもなるというものだろう。

「あの……なんて言うか……ごめん」

「どうしてお前が謝る？」

「どうしてって……俺だって一応人間なわけだし」

ルネの言葉に、ヘルムートがクスリと笑う。

「人間というのは、奇妙《きみょう》なものだな。まぁ、お前はもう厳密には人ではないわけだが」

「……落ち込むから言うなよ」

ため息をついて、ルネはもう一度、魔王城を見下ろす。

「どうして、ヘルムートはそんなことされたのに、人を滅《ほろ》ぼす気がない、なんて言えるんだ？他《ほか》の魔族だって怒《おこ》ってるんじゃないの？」

だまし討ちにされて、何年も封印されて。

ゲームやラノベに出てくる魔王だったら、人間に仕返しをするのではないかと思う。いや、もし逆の立場だったら人間は多分、魔王を討とうと立ち上がるだろう。

いや、そうでなくとも現に、ディールはここへ向かっているし……。

それなのに、ヘルムートには人を滅ぼす気がないという。

それが不思議だった。

「侵略《しんりやく》してくるというなら応戦はする。俺にも守るものがあるからな。だが、俺は基本的には人間が嫌《きら》いじゃない」

それは思ってもみない答えだった。

「脆弱《ぜいじやく》で、すぐに死ぬのに、家族を作り群れを作り、どんどん増えていく。あんなに短い生で何を成すのかと、そんな気分にもなる」

まるで違う視点に立っているような物言いに、ふと気付く。

短い生。

それは、自分もこの世界に生まれて思った。この世界はまだまだ寿命が短い。人間五十年という言葉を思い出すほどに。

けれど、ヘルムートが言っているのはそんな単位のことではないだろう。

「魔族って、どれくらい生きるんだ？　平均寿命とか……」

「魔族には決まった寿命はない」

「寿命がない？」

「死なないということではないぞ？　魔族にとっては魔力が寿命だ。お前の命の炎《ほのお》が俺の魔力で灯《とも》されているように、魔族は各々《おのおの》の魔力で生きている。魔力を失ったときが死ぬときだ」

「そうなのか……。じゃあ……ヘルムートは、どの魔族よりも……」

「長く生きてきた。これからもおそらくそうだろう。俺よりも強い魔力を持つ者が現れない限り」

ヘルムートは淡々《たんたん》とそう口にした。

自慢《じまん》げでもなければ、何かに期待するようでもなく。いや、むしろ諦《あきら》めが滲《にじ》んでいるようにも聞こえた。

この城を建てたのは四百年ほど前だと、ヘルムートは言った。

それはつまり、それだけの時間を生きてきたということになる。

誰《だれ》よりも、長く……。

そう思った途端《とたん》、ルネはなんだかたまらないような気持ちになった。

「どうした？」

ヘルムートが不思議そうに尋《たず》ねる。

「………淋《さび》しく、ない？」

前世と合わせても四十年ほどの生しか持たない自分でも、もう会えない人を想《おも》うと苦しい。

十倍以上を生きるヘルムートは平気なのだろうか？

「淋しい……？　分からないな」

そう言ってヘルムートは笑ったけれど、その顔を見たらなぜか自分のほうが淋しくなった。

同情なんて、おかしいと思うけど。

「どうして、そんな顔をする？」

「別に……俺がどんな顔しても俺の勝手だろ」

そう言ってルネは視線を逸《そ》らすと、遠くに見える山の稜線《りょうせん》を見つめた。

日が、沈《しず》み始めている。

フィクションの魔王《まおう》は、孤独《こどく》なんて感じることはなさそうだった。

ヘルムートだって、本当は感じていないのかもしれない。自分が勝手に、それならば淋しいだろうと思っているだけで……。

「ヘルムートが魔王なのは、一番魔力が強いから？」

「ふむ……難しい質問だな。正直な話、よくは分からない。なぜ、他の魔族《まぞく》が俺の魔力に惹《ひ》かれるのかも。人間だって、自分たちの性質をすべて理解しているわけではないだろう？」

「あー、それもそっか」

確かに、人がどこから来てどこへ行くのかは、永遠のテーマだろう。

魔族ならば分かっているだろうと思うのは、おかしな話だ。

「とにかく、魔族は魔王が……ヘルムートが大好きってことか」

「なんだ？　妬《や》いているのか？」

「どうしてそうなるんだよ。変なフラグ立てようとすんなよ」

じろりと睨《にら》むと、ヘルムートは小さく笑う。

「フラグというのは何だ？　人間社会の言葉か？」

「あ。──そうだけど……そうじゃなくて……」

ごく普通《ふつう》に使ってしまったが、この世界にはない言葉だ。

だが……。

「まぁいっか」

ヘルムート相手なら別に気持ち悪がられたり、引かれてもかまわない。

「フラグってのは、俺が前に生きてた世界の言葉。簡単に言えば、伏線《ふくせん》の簡易なやつってところかなー」

「前に？」

ヘルムートの疑問に、ルネはこくりと頷《うなず》く。

「実は、俺、前世の記憶《きおく》があるんだ。──信じるか信じないかは自由だけど」

「……前世とはなんだ？」

「あれ？　あっ、そうか……こっちには輪廻転生《りんねてんしょう》って概念《がいねん》がないもんな」

信仰《しんこう》自体はある。けれど魂《たましい》が巡《めぐ》るという話を聞いたことはなかった。

「どう説明したらいいか分かんないけど」

そう言いつつ、ルネはぽつりぽつりと前世について話し始めた。

死んだ魂が別の生を享《う》けるという話。自分が前に生きていた世界の話。自分の生活や、家族の話。どの話も、ヘルムートは興味深そうに、時折質問を挟《はさ》みながら耳を傾《かたむ》けていた。

そして……。

「死んだのは二十歳《はたち》のとき。車……って言っても分かんないか。馬車みたいな……車輪のついた乗り物に轢《ひ》かれてさ。事故だった。だからこの前落石に遭《あ》ったときは、また事故死かって思ったよ。相当ついてないなって。そういう巡り合わせなのかも」

「そうだったのか……」

「また何もできないまま死ぬのかって、思ったりもしたかな。もっと生きたいって……今度こそもっと生きたかったたって思った」

こんな風に終わりたくないと強く思った。

「平凡《へいぼん》で当たり前の生活を送って、事故死とかじゃなくて天寿《てんじゅ》を全《まっと》うしたいって、そんな風に考えるのは、前世の死を覚えているからだと思う」

「そうか……」

ふむ、とヘルムートは少し考えるように顎《あご》を撫《な》でる。

「少なくとも、魔族になればそう簡単には死ななくなる。事故死するということはないだろう。それに、俺の近くにいれば何かあったとしても必ず守ってやる……それではだめか？」

「必ず守る……って」

思わずドキリとしてしまった自分に驚《おどろ》く。

きっと、ヘルムートが真面目《まじめ》な顔で、まるで口説いてでもいるようなことを言うから悪いのだ。

「へっ、平凡じゃないからだめだって言ってるだろ！」

ごまかすようにそう言って、ルネは頭を振《ふ》り、視線を避《さ》けるように下を向く。

「お前にとって、悪い話ではないと思ったんだがな」

それは、確かに事故死しないというのはいいことかもしれない。

守ってくれるというのも、正直今現在も恩恵《おんけい》にあずかっている自覚はあるので必要ないとは言えない。

しかし、どう考えても平凡からは程《ほど》遠いという事実は覆《くつがえ》らない。村人A以前に人でもなくって、天寿を全うするどころか寿命《じゅみょう》自体があやふやな存在になるなんて、人生設計からかけ離《はな》れすぎている。

そもそも、ホモから逃《のが》れるために死んだというのに、自らそこへ飛び込んでどうするのか。

「――――だが、よかった」

「え？」

ぐるぐると考え込んでいたルネは、ヘルムートの呟《つぶや》きにハッとして顔を上げた。

「生きたい、というお前の声を聞くことができてよかったと、あらためて思ってな」

「…………」

「俺は長く生きたが、自分の死だけは未《いま》だに知らない。それを知るお前の、生への渇望《かつぼう》がどれほどのものかは計り知れない。だが」

ヘルムートはそこで一旦《いったん》言葉を切ると、真っ直《す》ぐにルネの目を見つめた。

「その願いを掬《すく》い上げることができる力を、俺が持っていたことは嬉《うれ》しいと思うぞ」

その言葉が、ひどく真摯《しんし》に響《ひび》いて、ルネは息を呑《の》む。

胸の奥をぎゅっと締《し》めつけられたような、そんな気がした。

「それに何もできないままなんかじゃない。お前によって俺は封印《ふういん》を解かれ、こうしてまた意志をもって動くことができる。俺以外の魔族たちも、お前に助けられたんだ」

「――……おかげで人類の敵だけどな」

ルネは顔を背《そむ》け、ボソボソと呟く。

視線の先では、山の稜線に太陽がくっついたところだった。

夕暮れどきでよかった、と思う。オレンジ色の夕日のおかげで、頬《ほお》が熱くなっていることはごまかせそうだ。

そう思った途端、くしゃみが出た。

「ああ、そろそろ冷えてきたか？　中に戻《もど》ろう」

ヘルムートにそう促《うなが》されて、ルネは素直《すなお》に頷いた。

○

数日後、昼下がりのことだ。

廊下《ろうか》を歩きながら、ルネにそう問いかけたのは、パイロープだ。

「体の調子はどうだ？」

「え？　うーん……別に普通だけど」

今朝、目を覚ますとすでにヘルムートの姿はなかった。ルネは迎《むか》えに来たパイロープに連れられて、こうしてヘルムートの元に向かっている。

ヘルムートは、謁見《えっけん》の間で謁見を行っているところらしい。

ここ数日見ていた感じでは、ヘルムートの主な仕事はこの『謁見』のようだ。

よく考えれば外交もしていないし、魔族はヘルムートが大好きだから反乱の心配もないのだろう。

その上、今は目を覚ました魔族がこぞってヘルムートに会いたがっているらしく、かなり遅《おそ》くまで受け付けている。そのことはなんとなく話に聞いているのだが……。

なぜ自分が行かなければならないのだろう？　もちろん理由を尋《たず》ねてはみたが、パイロープのほうは『魔王《まおう》様がお呼びだからだ』の一点張りで話にならない。

パイロープに関してはもう、こういう男なのだと諦《あきら》めつつあるルネだった。

なので体を気遣《きづか》うような質問をされても、自分を気遣っているわけじゃないんだろうなと思うし、その推測はおそらく当たっているだろう。

あの日、塔《とう》の上で話をして以来、ルネとヘルムートは毎日のようにあの塔の天辺《てっぺん》で、夕日や夜空を見ながら話をするようになった。

最初は前世の話が多かったが、そのうちヘルムートの話を聞いたり、今生の話をしたりする時間も増えてきた。

そんな時間は、今の状況《じょうきょう》にも平穏《へいおん》があるように思えて、ときどきは、魔族《まぞく》になるくらいはあり……というか、仕方のないこととして受け入れるしかないのかもと思うときもある。

とはいえ、すべてを受け入れたわけでは当然ない。

——昨日だって……。

昨夜、話の途中《とちゅう》でヘルムートにキスをされたことを思い出し、ルネは熱くなった頬を手の甲《こう》で擦《こす》る。

とにかく、ああいうことをするのはまだ全然慣れない。

そもそも、腹が減ったから男に抱《だ》かれるというのは、自分的にもの凄《すご》く抵抗《ていこう》がある。

もし、完全に魔族になることで、この状況から逃れられるならそれもいいかもと思ってしまうのは心が弱いだろうか？

「ていうか、そもそも魔族になったら逃れられるのか……？」

「なんの話だ？」

怪訝《けげん》そうな顔をされて、ハッとする。どうやらいつの間にか声に出していたらしい。

「いや、あの、えーと、俺、魔族になったらどうなるのかなって思ってさ」

「どう？」

パイロープの眉間《みけん》に皺《しわ》が寄る。

ヘルムートが絡《から》まないと短気だよなと思いつつ、ルネは言葉を探した。

「状況が変わるのかなっていうか……俺、まだ魔族になってないよね？」

「残念だが、それはまだだ。とはいえ、回数をこなす度《たび》に体が慣れて、魔族化しているのは確かだな」

「そっか……。じゃあさ、俺が完全に魔族になったら……もうヘルムートと一緒《いっしょ》にいる必要ってないんだよね？」

「――――なんだと？」

パイロープが驚いたようにルネを見る。

「今、俺がヘルムートと一緒にいるのって、精気が切れたら死ぬから……だし」

「そんなことが許されるはずがないだろう！　お前……魔王様がお前のためにどれだけのことをしているのか、分かっているのか？」

今までの呆《あき》れたような口調とは違《ちが》う、怒気《どき》の混じった言葉に、ルネはびくりと背を震《ふる》わせる。

「どれだけって……」

「お前のために魔王様は……！」

パイロープはそこまで言って、何かに気付いたかのように言葉を切る。

「――俺のために何？」

「なんでもない。お前には関係のないことだ」

「関係ないって……俺のためにって言ったくせに関係ないことないだろ？」

「それでも、お前が知る必要はない」

「なんだよそれ」

そんな風に言われてはますます気になる。

一体、なんの話なのだろう？

けれど、結局パイロープが何も言わないうちに、目的地である謁見の間に着いてしまった。

扉《とびら》の前にいた魔族が、扉を押し開いてくれる。

重厚《じゅうこう》な扉を潜《くぐ》ると、そこは広い空間だった。背もたれの高い椅子《いす》の一つに座っているヘルムートの横顔が見える。

吹《ふ》き抜《ぬ》けの天井《てんじょう》は高く、ガラスを取り入れた天井から日光が差し込んでいた。

おおよそ、魔王の謁見の間に似つかわしくない爽《さわ》やかさだが、ヘルムートは日光に弱いということもないようだし、魔王城といったら暗くてじめじめしていそうというのは、ルネの勝手なイメージに過ぎなかったらしい。実際、城の中は他《ほか》の場所もごく普通《ふつう》に採光がいい。

ひょっとして、ヘルムートが夜になっても謁見をしているのは、謁見を求める者の数が多いというだけでなく、日光を嫌《きら》う魔族もいるからなのかもしれないなと、ぼんやり思う。

室内は今ルネやヘルムートたちのいる部分が三段ほど高くなっていて、その幅《はば》の広い階段の下には魔族の男が一人、跪《ひざまず》いていた。

ちょうど終わったところだったのだろう。男は立ち上がり、ルネとパイロープに気付いたようだ。

驚《おどろ》いたように目を瞠《みは》り、慌《あわ》てて深々と頭を下げた。

知らない男なのは間違《まちが》いないが、ルネも反射的に、頭を下げてしまう。下げてから、あ、これパイロープに向けてだったんじゃ？　と思ったが、訊《き》けないまま男は出ていってしまった。

「今のって……」

訊くともなしにパイロープを見上げると、ため息が返ってくる。

「魔族のほとんどは、魔王様の封印を解いたお前に感謝しているからな」

そう言われて、先日のコウモリの羽の少女のことを思い出す。嫌《いや》な気持ちではないが、偶然《ぐうぜん》躓《つまず》いて封印を解いただけの身としては、礼を言われるのもなんとなく気まずい。

「もっとも、逆に人間たちには今の真逆の態度をされるかもしれないが」

「……嫌なこと言うなよ」

一気に嫌な気分になりつつ、パイロープに続いてヘルムートの元へと行く。

「連れて参りました」

「ああ、来たか」

ヘルムートはそう言って頷《うなず》くと、ルネを見つめる。

「なんの用だよ？　こんなとこに呼び出して」

「いいからここに座っていろ」

隣《となり》の椅子を指され、ルネは思わず顔を顰《しか》める。

椅子はヘルムートが座っているものほどではないとはいえ豪奢《ごうしゃ》で、しかも場所が場所である。こんなところに座りたくないと思ってしまうのは当然の心理だろう。

けれど、早くしろと急《せ》かされて結局は渋々《しぶしぶ》ながら座ってしまう。隣で睨《にら》みを利《き》かせていたパイロープが怖ろしいというのもあった。

そうこうしているうちに、扉が開き、ルネは思わず背筋を伸《の》ばす。

「あ……中ボス」

入ってきたのは、見たことのある男だった。

後ろに女性を二人連れている。

「どうした？」

「う、ううん。なんでもない」

不思議そうな顔をしたヘルムートに、慌てて頭を振《ふ》る。

先日、自分に因縁《いんねん》を付けてきた男である。

『さっさと力を返してここから出て行くことだ』などと言われたことを考えると、こうして隣に座っている現状はかなり気まずい。

しかし、ヘルムートの前だからだろう、ルネのことはちらりと見ただけで、とりあえずは睨まれたりすることもなかった。

跪き、そっと頭《こうべ》を垂れる。

「こうして再びお時間をいただけたこと、感謝いたします。ようやく、妻と四女が目を覚ましましたのでご挨拶《あいさつ》に伺《うかが》いました」

男の言葉に従って、同じように跪いていた二人の女性が頭を下げた。

「構わん。立て」

「ありがとうございます」

ヘルムートの言葉に三人は立ち上がり、一礼ののちにようやく顔を上げる。

二人の女性は、どちらも目を瞠るような美女だった。髪《かみ》や瞳《ひとみ》の色は男と同じだが、虹彩《こうさい》が縦長かまではこの距離《きょり》では見えない。

正直、ルネにはどちらも二十代前後に見えて、どちらが妻でどちらが娘《むすめ》なのかも判断できなかった。立ち位置からして、隣が妻だろうか？

魔族《まぞく》ってアンチエイジング凄《すご》いな……などと考えていると、男が隣にいた女性に手のひらを向ける。

「四女のユノーです。先日ご紹介《しょうかい》した次女よりも魔力《まりょく》の強さはわずかに劣《おと》りますが、歌声は死者をも呼び起こすと言われるほどで――――」

それって褒《ほ》め言葉なのだろうかとやや疑問に思うが、きっと魔族流なのだろう。

とりあえず隣が娘のほうだったことは分かった。そのまましばらく口上は続いたが、よほど自慢《じまん》の娘なんだなという感想しか持てない。

「いかがでしょうか？　ともかく一晩、おそばに置いていただくというのは……」

その言葉が出てからようやく、あ、これ見合い的なやつ⁉　と気付いた。

けれど……。

「ベリル」

「はっ」

ヘルムートの言葉に、男と一緒にルネもぴしりと居住まいを正す。思わずそうしてしまうような威圧《いあつ》的な声だった。

――――って、ベリル？

ヘルムートが口にした名前に、ルネは内心驚く。

どうやらこの中ボスが、パイロープの言っていた魔王《まおう》に取り入ろうとする輩《やから》であり、十三人も娘がいる男だったらしい。

自分に対する敵意も、なるほどと頷ける。

「その件については必要ないと、言っただろう？　俺の言葉が届かなかったか？」

「いえっ、とんでもございません！　ですが、この娘は……」

「必要ない。これ以上言わせるな」

「っ……」

隣で聞いていたルネもぞっとするような、冷たい声だった。

向けられたベリルはさっと顔色を変えると、深々と頭を下げ、逃《に》げるように部屋を出て行く。

だが、最後にちらりとルネを見た目は憎々《にくにく》しげで、しばらく夢に見そうなほどだった。

なんで自分が恨《うら》まれなければならないのかと理不尽《りふじん》なものを感じたが、ヘルムートに文句を言うよりも前に、次の魔族が入ってきてしまう。

「魔王様、ご復活おめでとうございます……！」

弾《はず》むような声でそう言ったのは、背中に鳥のような羽、そしてサルのような尻尾《しっぽ》を持った女だ。

その後も、長い間謁見《えっけん》は続いた。

やってくるのは一人の者もいれば、配偶者《はいぐうしゃ》を連れている者もいたが、娘や息子《むすこ》を伴《ともな》っている者はいなかった。ヘルムートが、子を生《な》す者は少ないと言っていたのは本当らしい。

そして、その多くがルネに向かって感謝の目を向けてくるのだから、なんとも居たたまれない。

ルネにできることは、そこにただちょんと座って愛想《あいそ》笑いを浮《う》かべることくらいだ。

しかし、一向に途切《とぎ》れない謁見に、いい加減愛想笑いも引き攣《つ》ってきた。明日になったら顔が筋肉痛になっていそうである。

「あのさ、俺、別にここにいなくていいんじゃない？」

謁見に来た魔族が入れ替《か》わるほんの少しの隙《すき》を突《つ》いて、ルネはコソコソとヘルムートに話しかけた。

「礼を言われるのもなんか微妙《びみょう》だし、お前の隣に俺がいると、ベリルさんだっけ？　ああいう人の神経を逆なですることになると思うし」

正直、隙を突いて暗殺とかしてきそうで怖《こわ》い。

「安心しろ。ベリルには何もできない」

「っていっても」

「何があっても俺が守ってやると言っただろう？　大人しく座っていろ」

「いや、そういうことじゃ……」

反論しようとしたときにはもう次の魔族がやってきてしまい、ルネは口を閉《と》ざす。

ルネとしては、いくら守ってくれるといっても、わざわざ相手の神経を逆なですることはないと思うのだが、その辺りヘルムートは考え方が違《ちが》うようだ。

しかしさすがに、魔族の前でヘルムートに文句を言う気にはなれなかった。

こうしてただ話を聞いているだけでも、彼がどれだけ魔族に慕《した》われているかは分かる。誰《だれ》もが、ヘルムートの復活を心から喜んでいる。ルネに対する感謝も、ヘルムートを慕う心があってこそのものだ。

そんな魔族たちの前でヘルムートに文句を付けるのは、怖いとかいうよりもむしろ申し訳ない気がしてしまう。

――それにしても……。

魔族には本当に様々な外見の者がいるのだなと、目の前でヘルムートに話しかけている半人半獣《はんじゅう》の男を見ながら思う。

下半身は人間のような二本足だが、上半身はオオカミのようだ。いわゆるワーウルフ、狼《おおかみ》男というやつだろう。

逆にケンタウロスのような者もいるし、頭部だけが鶏《にわとり》の男もいる。また、ハーピーというのだろうか？　体と顔は人間で下半身や腕《うで》は鳥というような女性や、妖精《ようせい》のような小さな少女もいた。

もちろん、他《ほか》は人と変わらないが羽が生えている、尻尾が生えている、牙《きば》が生えている、というタイプの者も……。

その誰もがヘルムートの復活をよろこび、言祝《ことほ》いでいく。そして、封印《ふういん》を解いたルネに礼を言い、魔族になるのを歓迎《かんげい》すると口にした。

そのどれもに曖昧《あいまい》に笑《え》みを返しながら、これって村人Aの性《さが》というより日本人の性だな……などと思ったのだった。


結局、ルネが解放されたのは、夕食の時間になってからだった。

「疲《つか》れたー！　なんで俺が付き合わされなきゃいけないんだよっ」

ぶーぶーと文句を言いつつ、目の前の皿を空にするルネに、グラスを傾《かたむ》けながらヘルムートが笑う。

食堂にいるのはルネとヘルムートだけだ。ルネが萎縮《いしゅく》するからと、給仕《きゅうじ》の者さえも下げられていた。

いつの間にか空にしていたルネのグラスに、ヘルムートが手ずから酒を注《つ》ぎ足す。

赤ワインはどっしりとした重さを感じさせながらも、口当たりはそれほど渋《しぶ》くもない。何より香《かお》りが素晴《すば》らしい。

「むしろ付き合ったのは俺のほうだぞ?」

「なんだよそれ? どういう意味だよ?」

ヘルムートの言葉に、フォークを止めないまま首を傾《かし》げる。

「お前に会うために、部屋の付近をうろうろしている連中が多かったんだ。うるさいから、わざわざああいった場を設けた」

「俺に会うために?」

「ああ、そうだ」

ヘルムートはどこか楽しげに頷《うなず》く。

「まぁ、ベリルのようなやつもいるし、今日顔を見せたやつらの全員が、ということではないけどな。だが、ほとんどがそうだったことは確かだぞ。皆《みな》、お前に礼を言っていただろう?」

「言ってたけど……まさか、主目的だったなんて思わないだろ?」

あれは、ヘルムートの顔を見に来たおまけのようなものだと思っていた。ただ、そこにいるからついでに言っておけという程度の……。

「なんで教えてくれなかったんだよ?」

もっとも、知っていたからといって何ができたわけでもないのだが。

ただ、もう少し心構えが違ったかもしれない。

「言えば嫌《いや》がるのではないかと思ったんだがな」

「――――まぁ、そうかもしんないけど……分かってるなら呼ぶなよ」

ため息をつきつつ、メインディッシュに手をつける。

しかし、確かにそう言われてみれば感謝してくる魔族《まぞく》が大半で、あからさまな敵意をむけてきたのはヘルムートの言う通り、ベリルくらいなものだった。

あれは、つまりそういう『自分に好意的な魔族』が謁見に来ていたからだったのだろう。

「なるほどなー」

本来はむしろ、ベリルのような反応が普通《ふつう》なのかもしれない。だからこそヘルムートは、ルネに一人で部屋を出ないようにと言っているわけで……。

自分は人間。ここでは異端《いたん》な存在だ。

今日謁見に訪《おとず》れた、ルネに好意的な魔族でさえ、悪気なく『魔族になるのを歓迎する』と言っていたくらいだ。

それはつまり――――ひねくれた考えかもしれないが、人として歓迎されているわけではないということなのではないだろうか。

その上、いくら感謝されたところで、自分は偶然《ぐうぜん》つまずいただけで、助けてやりたいと思って封印を解いたわけでもない。

あんなに感謝されると、どうしていいか分からなかった。

このまま魔族になってしまうことにだって、自分の中では折り合いがついていないというのに……。

「どうした？　落ち込んでいるのか？」

そう言いながら酒を注ぎ足したグラスを渡《わた》されて、ルネは素直《すなお》に受け取ると、ぐっと酒を流し込む。

「……やっぱり、自分はここには合わないなと思っただけ」

「――――どうしてそうなる」

ルネの言葉に、ヘルムートが納得《なっとく》できないというように嘆息《たんそく》する。

「あんなにも感謝されて、何が不満だ？」

「別に不満とか、そういうんじゃないよ。でもさ、そもそも感謝されること自体おかしいだろ？　俺がヘルムートの封印を解いたのは、偶然でしかないし」

「だが、解いたという事実は変わらないだろう？」

「そうだとしても、俺は単なる人間なんだから、お前の隣《となり》に座って、あんな風に傅《かしず》かれるのは……おかしいよ」

感謝されることも、傅かれることも、自分にはそぐわないと思う。

魔族になることも、ヘルムートの隣にあることも、自分はまだ納得していない。

自分が納得していない立場に向かって頭を下げられるのは、騙《だま》しているような、いいとこ取りをしているような……そんな感じがして気が引けるし、何より落ち着かない。

「やっぱり、俺なんかには村人Aっていう役がぴったりなんだよ」

「『平凡《へいぼん》な生活』か？」

注ぎ足された酒の表面を見つめて、こくんと頷く。くらりと視界が揺《ゆ》れたけれど、そっとグラスに口を付ける。

「はー……こんなの不自然だろ？　なんで俺なんだよ……あの子すごい美人だったじゃん？」

ユノーと言っただろうか。彼女だけでなく、他の誰であっても、ヘルムートが望めば手に入らない相手はいないだろう。

「おお？　なんだ妬《や》いていたのか？」

「妬いてない！」

にやにやと楽しそうに笑うヘルムートを睨《にら》み付け、グラスを傾ける。

「そうじゃなくてさー……あー……なんていうの？　分相応なのが一番っていうか、俺は村の名前リピートしてるくらいがちょうどいいっていうか……」

人間は人間、村人Aは村人A、魔王《まおう》は魔王の分というものがあると思う。

「お前は平凡に生きたいと、いつもそう言うが、もしも俺が王でなくなれば、お前は俺の隣にあることをよしとするのか？」

思ってもみなかった言葉に、ルネは驚《おどろ》いてヘルムートのほうへと首を巡《めぐ》らせる。

――王でなくなる？　魔王をやめる、ということか。

すぐに思ったのは、今日会った魔族たちのことだ。あんなに慕《した》われているのに？　と思うとショックですらある。

だから……。

「そうだとしても俺は玉座から降りることはできないが……お前の言う平凡とはそういうことなのか？」

続いた言葉に、ルネはむしろ安堵《あんど》した。

なぜだろう？　自分のために玉座を降りると言われるより、そのほうがいいと思った。

「俺だって、別にヘルムートが王様をやめればいいなんて思ってないよ」

「そうか？」

ヘルムートの疑問に、こくりと頷く。

「そもそも、魔王以前に結婚《けっこん》して家庭を持つ相手が男っていうのがいやだ」

「別に気にする必要はないと思うが」

「なんでだよ？　大事なことだろ？」

むっとしてルネはヘルムートを睨み付ける。

けれど、ヘルムートのほうはどうやら本気でそう思っているらしい。

「魔族には性別など気にする者はいない。もともと性別自体、曖昧な者も多いからな」

「えっ、そうなのか？」

今日会った者には、性別の分からないような者はいなかった気がするけれど……。

「俺を騙そうとしてるんじゃないよな？」

「本当のことだ。見た目はどちらかに偏《かたよ》っていても、両性の者も性のない者もいる。もともとの性が男でも、女に変えることのできる者やその逆もいる。第一、子をもうけること自体が少ないと言っただろう？　そうであれば男女で番《つが》わなければならないという意識も薄《うす》くなる」

そう言われてみれば、そうなのかもしれない。

「けど……そんなこと言われても、俺は人間だからそんな感覚分かんないよ」

「人間か……。それは、そんなにもよいものなのか？」

ヘルムートの言葉に、ルネはパチリと瞬《しばた》く。

いいとか悪いとか、そういう考え方はしたことがなかった。

「平凡な生き方、村人Ａというのも」

「――――いいものに、決まってるだろ」

ずっと、そうありたいと思っていた形だ。

しかしそう言い返したものの、少しだけ躊躇《ちゅうちょ》したのは、やはり自分がこの世界に完全に馴染《なじ》めていないと感じるからかもしれない。

この世界でのごく普通の生活は、日本での生活の記憶《きおく》があるルネには苦しいときもある。

それでも村人はいい人が多かったし、親を亡《な》くした自分に、いつだって温かかった。

「その村が魔王城ではだめなのか？」

「ここは魔王城です、って？　……だめじゃないかもしれないけど、問題は場所っていうより俺の立ち位置のほうだろ」

「場所も位置も言葉は同じだろう？」

「全然違《ちが》うよ」

言葉遊びのように言うヘルムートに反駁《はんばく》し、ふうと息をつく。

酒が回ってきたのだろう。頭が上手《うま》く回らない。くらくらする頭を支えるように、頬杖《ほおづえ》を突《つ》く。

「ちょっと飲み過ぎたかも」

「それだけか？」

「それだけ？」

ルネはかくんと首を傾《かし》げる。

「そろそろ精気が切れる頃《ころ》かと思ってな」

「――聞くんじゃなかった。……ごちそうさま」

ため息をついて、ルネは椅子《いす》から立ち上がった……つもりが一瞬《いっしゅん》ふらついて足から崩《くず》れ、もう一度椅子に座り込んでしまった。

「わっ、ご、ごめん」

はずみでグラスを倒《たお》してしまったルネに、ヘルムートが小さく笑う。

「やはり精気が切れたか？」

「ちがうっ、ちょっと酒のせいでふらついただけだよ……ああ、もう、風呂《ふろ》入って寝《ね》る」

ワインのかかってしまった服を気にしながら、再び立ち上がる。

「……まぁ、それもいいか」

ヘルムートはそう言うとグラスを置いて立ち上がり、ルネを軽々と抱《だ》き上げた。いわゆるお姫様《ひめ》だっことというやつだ。

「ちょっ……何すんだよっ」

「足がふらつくんだろう？　このまま連れて行ってやろうというんだ。大人しくしていろ」

「そんな、別に大丈夫《だいじょうぶ》だよ、ちょっとふらっとしただけで……うわっ」

歩かれると体が揺れてくらくらする。ついでに舌を噛《か》みそうになって、ルネは仕方なく口を閉《と》ざした。

そのまま風呂場まで運ばれる。別に知らせたわけでもないと思うのに風呂の扉《とびら》の前には召使《めしつか》いの少女がいて、ルネは恥《は》ずかしさに顔を覆《おお》った。やはり暴れてでも止めるべきだったと後悔《こうかい》したが、どうしようもない。

けれど、そんなルネに頓着《とんちゃく》した様子もなく、少女はヘルムートが近づくと、頭《こうべ》を垂れて青い石の嵌《は》まった扉のノブを開ける。

「ここはいい。今夜はもう下がれ」

「かしこまりました」

そう言うと少女は、音も立てずに扉を閉めた。

「意地でも自分で歩けばよかった……」

降ろされて一番に後悔のため息をこぼしたルネに、ヘルムートは「気にすることでもないだろう」と笑った。

「気になるよ……っていうか、なんで脱《ぬ》いでるんだよ？」

ばさばさと高価そうなマントを無造作に床《ゆか》に脱ぎ捨てるヘルムートに、ルネはぎょっと目を瞠《みは》り、ついでに思わず拾ってしまう。

「俺も入るからに決まっているだろう？」

「はあ？　冗談《じょうだん》じゃない、風呂くらい一人でゆっくり……っておい」

ルネが文句を言う間にも、ヘルムートは次々に服を脱ぎ散らかしていく。それをひょいひょい拾っていたら上下運動でまた頭がくらくらする。

「どうした？　お前もとっとと脱げ」

「わっ、引っ張るなよっ」

ぐいと胸元《むなもと》を引っ張られて、足下《あしもと》の覚束《おぼつか》ないルネは抗《あらが》いきれずヘルムートに向かって倒れ込む。

「じ、自分で脱ぐから、先入ってろよ！」

裸《はだか》の胸に飛び込む形になったことに頰《ほお》を染めて、ルネは慌《あわ》てて距離《きょり》を取った。

「今更恥《いまさらは》ずかしがることもないだろう？」

ヘルムートはからかうように言ったけれど、それ以上手出しはせずに湯船へと向かう。

そのことにほっとしつつ、ルネは悩《なや》んだ末渋々《しぶしぶ》ながら服を脱ぎ始めた。

このまま廊下《ろうか》を回って部屋に戻《もど》ってしまうというのも考えたが、ワインのべたつきが気になる。

それに、風呂に入りたいと言ったのは自分のほうなのに、ヘルムートに遠慮《えんりょ》するみたいになるのは癪《しゃく》だ。

幸い湯船は広い。ルネは湯船に近づくと、ヘルムートから離《はな》れた場所を選んでそっとお湯に体を滑《すべ》り込ませる。

「もっとこっちに来い」

「……いやだ」

ルネが視線も向けないままそう言うと、ため息が聞こえた。

お湯が波打つ。

近づかれた分だけ尻《しり》を浮《う》かせて移動したが、結局縁《ふち》に追い詰《つ》められただけだった。

「せっかく広いのに、なんでこんなくっついて入んなきゃいけないんだよ……」

ぶつぶつと文句を言っていたルネだったが、それ以上おかしな動きもなかったのでそのうち気も緩《ゆる》んでくる。

ヘルムートが口を開いたのはそんな頃だった。

「さっきの話だが」

「さっき？」

ルネはちらりと視線だけをヘルムートに向ける。

「俺の封印《ふういん》を解いたのは偶然《ぐうぜん》で、感謝されることがおかしいと言ったな？」

「ああ……」

そのさっきか、と思う。

「言ったけど、それがどうかしたの？」

「確かにお前が封印を解いたことは偶然かもしれないが、その偶然もこの百五十年の間起こらなかった。それを引き起こしてくれたお前に感謝するのは、当然のことだ。違うか？」

「……けど、俺は……そんな資格ないっていうか、本当にたいしたことしてないし」

自分の膝《ひざ》を抱《だ》き寄せるようにして、ルネは呟《つぶや》く。

「お前は失念しているかもしれんが、俺の封印を解いたことであいつら自身も眠《ねむ》りから覚めた。お前にとってたいしたことがないことでも、魔族《まぞく》にとってその偶然は大きい。逆にたいしたことがないと言われてしまうことのほうが、あいつらにとっては複雑だろう」

「……そうなのかな」

「そうだ。お前の真意は俺が知っている。それでも、俺もお前に深く感謝しているぞ」

「…………うん」

ルネは小さく頷《うなず》いた。

なんとなく、少しだけ心のつかえが取れたような気がする。

「しかしそんなお前を……生き返らせたとはいえ、前世と同じように事故に遭《あ》わせて、一度は殺してしまったことについては悪いとは思っている」

「え？　で、でもそれは……別にヘルムートのせいじゃないし」

封印を解いて洞窟《どうくつ》が崩れたのが、偶然なのか故意なのかわからないが、故意だったとしてもそれは封印をほどこした人間が仕掛《しか》けたことだろう。

ヘルムートの責任であるはずがない。

「だが、封印を解いたせいなのは間違《まちが》いないだろう？　――――これからは絶対にお前を守る。俺はルネに出会えてよかった」

ヘルムートの言葉に、ルネの頬がカッと熱くなる。

「っ……そういうことを真顔で言うな！」

「？　どうしてだ？」

「ど、どうしてって……」

本気できょとんとされて、言葉に詰まる。

どうやら恥ずかしいことを言っている自覚はないらしい。

「……どうせ単に抱ける相手だからってだけだろ?」

「それもそうだが」

やっぱりそうかと思いつつ、なぜか少しだけがっかりしてしまい、そんな自分に内心慌てる。

いや、単にヘルムートの人間性——ではなくて、魔族性? にがっかりしただけだ。他意はない。ないはずだ。

「触《ふ》れるだけで殺してしまうこともあったし、相手を殺さずに存分に抱くようなこともできなかったからな」

「触れるだけでって……どういうこと?」

「言っただろう? 俺と魔族は密接に関係している。直接肌《はだ》に触れれば、相手の魔力《まりょく》に強い影《えい》響《きょう》を与《あた》えてしまう」

その声はいつになく淋《さび》しそうに聞こえた。

言われてみれば、あのパイロープでさえ、ヘルムートに触れたところは見たことがない気がする。

着替《きが》えを手伝う女性たちも、触れてはいなかった。

あれは、そのせいだったのか……。

塔《とう》の上で、淋しくないかと訊《き》いたとき、ヘルムートが見せた笑顔《えがお》を思い出す。どれだけ相手が好いてくれても、触れられることがないというのは、きっと辛《つら》いだろうと思う。

「だから、今まではこんな風に誰《だれ》かをただ抱《だ》きしめることもできなかった」

「わ……っ」

いつの間にかヘルムートの腕《うで》が自分の腰《こし》に回されていたことに狼狽《ろうばい》したものの、ふりほどけなかったのは、その声のせいだ。

「不思議なものだ」

「……何がだよ？」

「こうしているだけで、どこかが満たされるような、そんな心持ちになる」

こめかみに頰を寄せられて、ドキリとする。

「お前を抱くのも、最初は封印を解いたお前の願いを叶《かな》えるためにしたことだった。その後は快楽のため……。だが、今はそれだけではない気がする。触れることができるのがお前だけという状況《じょうきょう》で言っても、お前は信じないかもしれないが、もしお前以外に触れることができるようになったとしても、俺はお前にしか触れたくない」

ヘルムートの唇《くちびる》が額に触れる。

「なぁ、ルネ」

「………何？」

心臓が、壊《こわ》れそうだった。

だって、これではまるで……。

「こういったことは好きな相手としなければいけないと、前にお前は言ったな」

「言った、けど」

喉《のど》がからからに渇《かわ》いて、声が詰まる。

「お前としかしたくないと思うのは、俺がお前のことを好きだからなのか？」

ぎゅう、と胸の辺りを掴まれたような気持ちになって、ルネは唇を震《ふる》わせた。

心臓がばくばくとすごいスピードで動いているのが分かる。顔が、燃えるように熱い。

「――と、突然《とつぜん》そんなことを言われても……俺に分かるわけないだろっ」

絞《しぼ》り出すようにそう言った声が、震えた。

「何百年も生きてきたが、これまでこんな感情を抱いたのはお前が初めてだ。お前に触れたい。ずっと触れていたい。お前を手放したくない。だから嫁《よめ》に……俺のものになれ。そうすればずっと一緒《いっしょ》にいてくれるだろう？」

にっこりと微笑《ほほえ》まれて、どうしていいか分からなくなる。

だって、ヘルムートは恋心《こいごころ》を知らない。

淋しいことも、本当に分からないのかもしれない。

すべての魔族に愛される魔王《まおう》。けれど、誰も彼には触れられない。

いや、口ぶりからすれば触れた者はいたのだろう。けれど、みんな死んでしまった。

それはどれだけの孤独《こどく》だろうと思ったら、悲しくなる。

そんなヘルムートに、ずっと一緒にいたいと言われたら、いつもみたいに簡単にいやだとは言えなかった。

今だって、口説くつもりで口説いているのかは大いに怪《あや》しい。けれど、ルネにはそれは愛の告白にしか聞こえない。

ヘルムートに、そのつもりがなかったとしても……。

自分の気持ちが、同情だとしても。

頭の中がぐるぐると混乱して、視界までぐるぐるしてくる。

視界まで……。

「え……」

ぽちゃんと、膝を抱《かか》えていた腕が落ちる。指が震える。

「ルネ？　――……ああ、切れたのか」

切れた？　何が？　そう疑問に思うより先に肩《かた》を抱き寄せられ、キスされた。

「ん……んぅ…っ」

最初から遠慮《えんりょ》なく舌を絡《から》められる。その甘さに、精気が切れたのだと思い当たった。

こんなタイミングで、と思ったけれど、拒《こば》むことはできない。一度足りないと自覚したら、もっと欲しくて堪《たま》らなくなった。

「や……何…」

ヘルムートの手が、ルネの胸元《むなもと》に触れる。

「温まったせいか？　いつもより赤くなっているな」

「んっ……」

きゅっと乳首《ちくび》を摘《つま》まれて、ルネは首を竦《すく》めた。

ヘルムートはそんなルネをじっと見つめたあと、ふにふにと乳首を揉《も》み始める。

「ちょっ……あっ、なんで……そんなとこ…っ」

こんなの今までにはなかったことだ。ヘルムートとは何度か体を繋《つな》げたが、いつもヘルムートが触れるのは尻《しり》ばかりで、入れるのだけが目的なのが丸分かりだった。

だから、こんな風に関係のない場所を触《さわ》られると、どうしていいか分からない。

「ルネが気持ちよさそうな顔をするからだ」

「そ、そんな顔、してない」

「している」

「あっ」

親指で押し込むように刺激《しげき》されて、びくりと肩が震えた。

「ここがそんなに気持ちいいのか？」

にやにやと笑われて、ルネはヘルムートを睨《にら》む。

否定したいが、あからさまに感じている声を上げたあとでは逆に恥《は》ずかしい。

「えっ、ま、待って」

ヘルムートはルネの腰を両腕《りょううで》で抱《だ》き寄せ、膝《ひざ》の上に抱えると、今度は背後から両手で乳首を刺激し始めた。

「ふっ……っ、ん…っ」

これまで散々、ヘルムートに与えられてきた直接的な刺激とは違《ちが》う、じわじわと染《し》み出すような快感が、ゆっくりと下肢《かし》に伝わっていく。

気持ちがいいのは確かだが、ひどくじれったい。

特に今はもう自分の中の飢《う》えを自覚してしまったあとだ。ヘルムートのものを早く入れて欲しくて、じりじりと焦《こ》がれるようだった。

「んんっ……い、たい…っ」

ぎゅうっと強く抓《つね》られて、痛みに体が跳《は》ねる。

「強すぎたか？　これならどうだ？」

「はぁっ……あっ…っ」

抓られてじんじんする乳首を、今度はやさしく、円を描《えが》くように撫《な》でられた。

ぷっくりと立ち上がった乳首は、先ほどよりもさらに赤みを増している。

「もっと早くかわいがってやるべきだったな」

言いながら、首筋を強く吸われてルネは首を竦めた。

今までとはまるで違う触《ふ》れ方に、戸惑《とまど》ってしまう。けれど、いやではなかった。じれったいけれど、それでもなんだか――ただ精気を与《あた》えるだけが目的ではないような、そんな気がして……。

「こっちはどうだ？」

「ひぁっ」

突然、足の間に手を入れられて、ルネは慌《あわ》てて膝を立てた。けれど、それくらいでヘルムートの手を止められるはずもない。

ヘルムートの手のひらに包まれて、初めて自分のものがすでに硬《かた》くなっていたことに気付いた。

まだ、乳首を弄《いじ》られただけなのに……。

「一度出しておくか？」

「んっ、あっ、あぁっ」

上下に扱《しご》かれて、お湯よりももっとどろりとしたものがこぼれ出してしまう。

下と同時に乳首を指先で刺激され、ルネは膝を擦《こす》り合わせるようにして快感を堪《こら》える。

「やっ…だめ……っだめぇ…っ」

このままでは、本当にイッてしまいそうだった。

まだヘルムートのものどころか、指も入れられていない。自分だけが乱されているのが、恥ずかしかった。

「我慢《がまん》することはないだろう？　もう先っぽの穴がひくひくしているぞ」

「あぁっ」

ぬるぬるした穴を指で弄り回されて、がくんと顎《あご》が上がる。

「ほら、いいから出してしまえ」

「んんぅ……っ」

ぐりぐりと先端《せんたん》を刺激され、ルネは結局我慢しきれずにヘルムートの手でイカされてしまう。

「は…っ……はぁ…っ……」

ぐったりとヘルムートにもたれかかるようにして、荒《あら》い息をこぼす。

膝からもすっかり力が抜《ぬ》けてしまっていた。

「次はこっちだな」

「ん……」

足の奥に、ヘルムートの指が触れる。

途端《とたん》に、まるでヘルムートの指を呑《の》み込もうとするようにそこがきゅっと収縮した。

「そんなに欲しいのか？」

「っ……」

ヘルムートの言葉に、ただでさえ熱かった頬《ほお》がますます火照《ほて》る。

しかし、それは事実だった。

「しょ、うが……ない、だろ……っ」

いつもだったらとっくに与えられているはずのものだ。

欲しくて欲しくて仕方がない。早くヘルムートのものでいっぱいになりたい。

「んっ、あ…っ」

指が入り込んでくる。

けれど、かき混ぜられても、ただ足りないと思うだけだ。

確かに快感はあるのに、それだけでは全然満ちることがない。

「指なんて、いいから……も、入れて……っ」

そう口にすると、ようやく指が抜け出ていく。

ヘルムートは、ルネの上半身を風呂《ふろ》の縁《ふち》に乗せるようにして、膝を開かせた。

「あ……」

尻を押し開かれヘルムートのものが、ぐっと押し当てられる。

「ん……っ、あ…ああっ」

ゆっくりと、ヘルムートのものが入り込んでくる。

大して解《ほぐ》されたわけでもないのに、ルネのそこは待ちかねていたようにヘルムートのものを呑み込んだ。

「はっ、あっ……っ、ああ…」

「中が動いているのが分かるか？」

「し…らなっ……ああっ」

ずるりと抜き出されて背中が震《ふる》える。けれど、またすぐに入り込んでくる。

「あっ、待って…っ、やっ、そんなあっ…ああっ」

ぐぷっ、ぐぷっと音を立てて抜き差しされるたび、お湯が一緒《いっしょ》に入ってくる気がして、ますますそこを締《し》めつけてしまう。

「やっ…あっ、抜かない、で…っ、あ…っ熱い…よぉっ…」

いやだと頭《かぶり》を振《ふ》るが、律動は止《や》まない。

広げられて、塞《ふさ》がれて、中まで押し入れられる。お湯のせいで、いつもより苦しい。

けれど、その分……。

「さっきイッたばかりだというのに、随分《ずいぶん》気持ちよさそうだな」

「ああっ」

腰《こし》を揺《ゆ》らすようにして奥をかき混ぜながら、ヘルムートの手が前へと伸《の》びる。

「りょう、ほうとか、むり……ぃっ」

後ろも前も、気持ちがよくて、腰がガクガクする。

いつもなら後ろばかりなのに、今日はまるでやり方が違う。

ただでさえ気持ちがいいのに、こんな風にされたら、とてもじゃないがもたない。

「あっ、やっ……イク……っ……」

ルネはヘルムートがイクよりも前にまた、一人で絶頂を迎《むか》えてしまった。そうして力の抜けた場所を容赦《ようしゃ》なく突《つ》かれて、強すぎる快感に涙《なみだ》がこぼれる。

「だめ……も…出して…っ」

「ああ、出すぞ……っ」

ヘルムートの手が強く、ルネの腰を掴み、深いところまで押し入れられた。

「あ……っ、んっ…出てる…っ」

中でヘルムートのものを受け止めた瞬間《しゅんかん》、体の隅々《すみずみ》までが満たされるような感覚を味わう。

ようやく精気を与《あた》えられたことにホッとしたのだが……。

「んぁっ…あぁぁ……っ」

中に入れたまま、ヘルムートがルネの体を膝の上に抱き寄せた。

お湯の中で多少浮力《ふりょく》があるとはいえ、自重でヘルムートのものが奥のほうまで入り込んでくる。

「ひ…、あ……あ…」

「ここにたっぷり、入っているのが分かるか？」

「ふぅっ…」

下腹を撫《な》で回されて、ルネは半ば無意識に頷《うなず》く。

「もっと欲しいだろう？」

「あっ、…っわか…ない……っ」

腹を撫でていた指が、先ほどまで弄られていたせいで赤くなった乳首《ちくび》に伸びる。

「欲しくないのか？」

「あ、あ…」

くりくりと親指と人差し指でこよりを作るように擦られて、ヘルムートのものを銜《くわ》え込んだままの場所がひくんと震える。

刺激《しげき》され、締めつけるたびに、中のものが大きくなる。

そしたら、もう――我慢できなかった。

もっと、もっと、満ち足りたい。

「ほし…ぃっ…中…出して……っ」

気付くと、ルネはそう口にして、自らゆっくりと腰を動かしていた……。

○

「またやっちゃった……」

酒で失敗したとき特有のひどい後悔《こうかい》に襲《おそ》われつつ、ルネはベッドの中で顔を覆《おお》った。隣《となり》ではまだ、ヘルムートが気持ちよさそうに寝息《ねいき》を立てている。

風呂でやるとか、せっかく大好きな風呂なのにこれから入るたびに落ち着かないことになりそうでため息がこぼれる。

ちょっと心を許したのは確かだが、それでこうもぐずぐずになるというのはどうなのか。

ヘルムートは思ったより悪い奴《やつ》ではないし……なんというか親友というか、兄というか、そういう立場だったらいい相手なんじゃないかと思う。

だが、やっぱりこんなのはおかしい。おかしいはずだ。

前世ではあんなにホモに苦労したのに、ほだされてどうする。

「……ルネ？」

名前を呼ばれ、ルネはびくりと肩《かた》を揺らした。

「もう起きたのか？」

そう言って、ヘルムートの手がルネを抱《だ》き寄せる。

「今日は寝顔《ねがお》を見損《みそこ》ねたな」

顔を覗《のぞ》き込んで笑うヘルムートに、頬が熱くなる。

いや、別に赤くなることないだろと自分に言い聞かせるけれど、簡単に熱は引かない。

なんだか、いちいちヘルムートの言うことが恥《は》ずかしいのが悪いと思う。

「いいから離《はな》せよ。起きられないだろ」

「まだいいだろう？　もう少しこうしていよ……う……」

少し曖昧《あいまい》に溶《と》けた語尾《ごび》に嫌《いや》な予感がして覗き込むと、ヘルムートは瞼《まぶた》を閉じていた。口からはすよすよと寝息がこぼれている。

けれど、がっちりとルネの腰をホールドした腕《うで》は外れそうにない。

「抱きしめられたまま寝《ね》るとか、結構しんどいんだよな……」

呟《つぶや》いて、ため息をこぼすと、ヘルムートの前髪《まえがみ》が揺れた。

思えば、ヘルムートの寝顔を見たのは初めてかもしれない。

くるりと巻いた角が、枕《まくら》に刺《さ》さってるんじゃないかと少し心配になったが、それ以外はあまり人間と変わらない気がする。

漆黒《しっこく》の髪と瞳はこちらでは珍《めずら》しく、禍々しいといえば禍々しいかもしれない。だが、日本人としての記憶《きおく》があるルネからすれば、異質には思えない。

――けど、魔王《まおう》なんだよな。

ヘルムートに対して多少心を許したのは本当だ。

自分以外に抱きしめることのできる相手がいないというのを、淋《さび》しいし悲しいと思う。

けれど、なら傍《そば》にいると言えるかといえば……。

ルネはもう一度ため息をこぼし、答えの見つからない問いに悩《なや》むうち、再び眠《ねむ》りへと落ちていった……。


「――――しかし！」

再び目を覚ましたのは、どこからか聞こえてくる話し声のせいだった。

「大きな声を出すな。ルネが目を覚ますだろう」

「……申し訳ありません」

どうやら、ヘルムートとパイロープが話しているようだ。衣擦《きぬず》れの音。着替《きが》えをしているのだろう。パイロープは、ヘルムートを迎えに来たのか……。

意識は目覚めかけているけれど、まだ半分は微睡《まどろ》みにあるようで、体は動かない。

このままもう一度寝てしまおう。

そう思ったのだが……。

「ですが、勇者が着くのはすでに時間の問題です」

――勇者？

その言葉に、少しだけ意識が浮上《ふじょう》する。

「万が一に備えて、一時的にでもあの者から取り戻《もど》すべきです」

一体なんの話だろうと思う。

勇者が来る？　だから、取り戻す……？

「必要ないと言っているだろう？　俺の力が信じられないか？」

「滅相《めっそう》もないです。魔王様が勇者に負けることなどあり得ません。ただ、魔王様が封印《ふういん》されてから百五十年……その間に人間が何もしていなかったとは思えないのです。我々の知らない力を備えている可能性もあります。また何やら奸計《かんけい》を巡《めぐ》らせている可能性もあります。その上魔《ま》力《りょく》を分け与《あた》えている状況《じょうきょう》では……」

「しつこいぞ、パイロープ。もう決めたことだ。ルネはまだ不安定な状況にある。余計なことはしたくない。分かったな」

「…………かしこまりました」

その言葉を最後に、二人は部屋を出て行ったようだ。

ルネは慌《あわ》てて体を起こした。

「――今のって……」

眠気《ねむけ》はもう吹《ふ》っ飛んでいた。

勇者が来る、というのはおそらくディールのことだろう。

だが、問題はそこではなく……。

「なんで考えなかったんだ……」

ヘルムートは普段《ふだん》ルネに『精気』を与えているという言い方をしていた。

けれど、一度だけ言っていたではないか。

『魔族《まぞく》にとっては魔力が寿命《じゅみょう》だ。お前の命の炎《ほのお》が俺の魔力で灯《とも》されているように、魔族は各々《おのおの》の魔力で生きている。魔力を失ったときが死ぬときだ』

――と。

与えられていた精気とは魔力のことだったのだ。

そして、パイロープの口ぶりからして、与えられた分の魔力は、ヘルムートの中から減っているのだろう。

当たり前といえば当たり前なのかもしれないが、精気という言い方から、栄養と睡眠《すいみん》を摂《と》って健康的な生活をしていれば戻っていくような、そういうイメージを持ってしまっていた。

ヘルムートが魔力を……言い方を変えれば、命を削《けず》ってルネを助けてくれていることなど、考えもつかなかった。

「どうしよう……」

ヘルムートは自分の力を信じろと言っていた。けれど、パイロープの言うように、万が一のことが起こったら……。

ルネの体はまだ不安定だと言ったヘルムートの言葉を思い出す。

けれど、自分のせいで、あんなにも喜んでいた魔族や、ヘルムートがまた封印されたらと思うと、居ても立ってもいられなかった。

ルネはベッドを降り、服を着替えると部屋を出る。

いつもならば午前中はもう少し魔族が少ないのだが、勇者が来ることが伝わっているのか、吹き抜《ぬ》け下の中央廊下《ろうか》は行き来する魔族でざわついていた。

勇者が来るのは時間の問題、というのは確かな情報らしい。

ヘルムートはどこへ行ったのだろう？

執務室《しつむ》？　謁見《えっけん》の間？

「とりあえず誰《だれ》か捕《つか》まえて……」

ヘルムートを見なかったか訊《き》いてみよう。

そう思ったときだ。

「勇者だ！」

「勇者が来たぞ……！」

大きくなったざわめきの中にそんな言葉を拾って、ルネは慌てて階下へ向かおうとした。

それを止めたのはパイロープだった。

「どこへ行くつもりだ！」

肩《かた》を摑まれて、振《ふ》り返る。

パイロープの様子も、いつもとは違《ちが》う。

「どうしてここに……」

てっきり、ヘルムートと一緒《いっしょ》に行ったのだと思っていた。

「お前の元にいろと言われたのだ」

その声には焦燥《しょうそう》の色が滲《にじ》んでいる。本当は自分ではなく、ヘルムートの傍についていたいのだろう。

「勇者が来たって、本当？　ヘルムートは勇者の所に行ったのか？」

「ああ。魔王様のお手を煩《わずら》わせるほどのものではないと申し上げたのだが……」

「――――連れてって」

ルネの声に、パイロープが驚《おどろ》いたように目を瞠《みは》る。

「勇者って、俺の知り合いなんだ」

「まさかお前、魔王様の邪魔《じゃま》を……」

「そんなわけないだろっ！」

自分は人間で、疑われても仕方がないと分かっていたはずなのに、思わずそう怒鳴《どな》ってしまった。

「ごめん、けど、本当に……止めたいんだ、できれば」

もしもできるなら、それが一番いいと思う。

けれど、それはきっと、ディールのためではない。

「……来い、こっちだ」

パイロープの言葉に、ルネはハッと顔を上げ頷《うなず》く。そして、パイロープの後を追って走り出す。

ヘルムートが向かったのは、驚いたことに城壁《じょうへき》だという。どうやら、勇者を城に踏《ふ》み込ませない気のようだ。

「魔王が自分から打って出るとか聞いたことないんだけど⁉」

「仕方ないだろう！　あの方はいつもこうなのだ！」

一体何のための城――ダンジョンなのかと思う。

二人が城壁の中にある見張り用の小部屋に駆《か》け込んだとき、そこには本当にヘルムートしかいなかった。護衛の一人くらいはつけろと言いたい。

「ルネ？　なぜここに……パイロープ、何をしている」

「申し訳ありません」

「俺が連れて行って欲しいって頼《たの》んだんだよ！」

慌ててパイロープを庇《かば》うと、ヘルムートは仕方がないというようにため息をついた。

「何をしに来た。部屋に戻って――――」

「俺の中にある魔力、持ってけよ！」

ヘルムートの言葉を遮《さえぎ》って、ルネはそう叫《さけ》んだ。ヘルムートが驚いたように目を瞠る。

「ヘルムート、俺のせいで完全な状態じゃないんだろ？」

「どうしてそれを……」

ヘルムートの視線がパイロープへと向けられるのを見て、ルネは慌てて言葉を継《つ》ぐ。

「ごめん、俺さっき二人が話してるの聞いちゃったんだ」

「なるほどな」

ルネの謝罪に、ヘルムートが頷く。

「パイロープは心配性《しょう》なんだ。お前に渡《わた》した力などなくても、負けたりはしない」

「けど……万が一ってこともあるだろ？　俺は本当ならもう死んでいるんだし、俺のせいでなんかあったら――――ヘルムートにも、他《ほか》の魔族の人たちにも顔向けできないよ」

「顔向けできない、か」

そう言うと、ヘルムートは苦笑《くしょう》をこぼす。

「ルネは？　悲しんでくれないのか？」

「っ……それは……」

躊躇《ためら》いを、直接突《つ》かれたような気がして、ルネは言葉を呑《の》んだ。

仕方がないというように、ヘルムートは小さくため息をつく。

「聞いていたなら分かるだろう？　お前の体はまだ不安定だ。魔力《まりょく》を抜き出せば、どうなるか分からない。俺は、それを回避《かいひ》したい」

「でも……どうして……ちゃんと万全《ばんぜん》な態勢で臨《のぞ》まなかったせいで、もしまた封印《ふういん》されたらどうするんだよ。どうしてそんなにしてまで俺のこと、助けようとなんて……」

「お前を失いたくないからだ」

そう言うとヘルムートはルネの前に立った。腕《うで》を引かれ、たたらを踏んだルネを、ヘルムートの腕がぎゅっと抱《だ》きしめる。

「――傍《そば》にいて欲しい。そう、言わなかったか？」

言った。

昨夜、風呂《ふろ》の中で、確かに聞いた言葉だった。

「お前は答えなかったが、俺にはもう分かったぞ」

そう言うと、ヘルムートは腕の力を弱めてルネの目を覗《のぞ》き込んでくる。

「……何がだよ？」

「仲間は大勢いるが、俺はお前と会って、初めて誰かと一緒にいたいと思った。お前以外に触《ふ》れたいと思わなくなった。肌《はだ》が触れるだけで手に入れることのできる幸福があることを知った。

お前が一緒にいてくれるなら、すべての魔力を渡しても構わないと思った。お前のいない千年を生きるより、お前とともに一日を生きるほうがいい」

一言、一言。

語られるほど、頬《ほお》が熱くなった。

どんどん、鼓動《こどう》が早足になっていく。

「これが、好きということなんだろう?」

「っ……」

ぶわりと、何かが胸の中から溢《あふ》れ出したような気がした。

初めての、感覚。

けれど、それがなんなのか考えるよりも先に、飛び込んできたものがあった。

「――ルネ!?」

その声に、ハッとしてルネは振り返る。

「お前どうしてこんなところに……」

呆然《ぼうぜん》とした顔でそう言ったのは、ディールだった。

「ディール……」

やはり、勇者というのはディールのことだったらしい。

まだ村を出てからそれほどの時間が経《た》ったわけでもないはずなのに、ここまでの旅が過酷《かこく》だったのだろう。

精悍《せいかん》になった顔や、鎧《よろい》のそこかしこに傷がついていた。けれど、やたらと雰囲気《ふんいき》がキラキラしているのは変わりがない。

「もしかして捕《つか》まっているのか？」

「いや、あの」

「安心しろ。すぐに魔王《まおう》を倒《たお》し、お前を救ってみせる」

「いや、そういうのいいから！」

かっこいい台詞《せりふ》なのかもしれないし、自分がお姫様《ひめ》だったらぽーっとなるところなのかもしれない。だが実際はかなり恥《は》ずかしい。

思わず大声を出したルネに、ヘルムートが首を傾《かし》げる。

「ひょっとして、知り合いか？」

「知り合いっていうか……同じ村に住んでたんだよ」

すでになんとなくげっそりした気分でそう答える。

「お前！　それ以上ルネに近づくな！」

そう言って、ディールはスラリと剣《けん》を抜《ぬ》き、構える。

「魔王様、ここは私が……」

パイロープがそう言って、前に出た。

「いや、大丈夫《だいじょうぶ》だ。お前はルネを連れてここを離《はな》れろ。知人を倒すところを見せるのはかわいそうだろう」

「しかし」

「……魔王？」

ディールが怪訝《けげん》そうな表情で、話し合うパイロープとヘルムートを見比べる。

まさかこんな城壁にある小部屋にいるのが魔王だなんて、思いも寄らないのだろう。その気持ちはよく分かる。

「あの！　ちょっと待って欲しいんだけど。ヘルムートも、ディールも」

ルネはなんとかこの場を収められないかと、そう言って二人の間に立った。

三人の視線が集まる。

「ディールがなんて聞いてきたか分かんないけど、魔王も魔族《まぞく》も別に人間を襲《おそ》う気とかないみたいだし、別に戦う必要ないと思うんだ」

「……ルネ……ひょっとして洗脳されてしまったのか？」

「ち、違《ちが》うよ！」

まさかそうくるとは思わなかった。

いや、この可能性は考えておくべきだったのか？

確かに突然《とつぜん》知り合いがこんなこと言い出したら、頭の中を弄《いじ》られたと疑うのも無理はないかもしれない。

特に、自分たち人間には、魔物《まもの》や魔王に関する知識はほとんどないのだ。

魔王と聞けば、それくらいのことをしてもおかしくないという気もする。

「まさか、お前がそんな目に遭《あ》ってるなんて……すぐに助けてやるからな」

「いやそうじゃなくて！」

「ルネ、もういいか？」

「待って！　もうちょっと待って！」

ヘルムートを止めつつ、なんかこの、わたしのために争わないで、みたいな構図がいやだと心底思う。

しかし、だからといってヘルムートが倒されるのも、ディールが倒されるのも見たくない。

ヘルムートは悪い奴《やつ》ではないし、ディールだって、かなり鬱陶《うっとう》しいが一応幼なじみなのである。

「とにかく、ちゃんと俺の話を聞いてくれよ。大事なことなんだ」

「…………ルネがそこまで言うなら」

ディールはそう言うと、構えていた剣を降ろした。それでも鞘《さや》にしまわないのは、警戒《けいかい》しているのだろう。

ルネは振《ふ》り向《む》いて今度はヘルムートを見る。

「今日一日でいい。俺にディールを説得させて欲しい」

「いやだ」

さらっと断られて、ぽかんとする。

今頃《いまごろ》になって気付いたのだが、ヘルムートはたいそう不機嫌《ふきげん》そうだった。

完全に怒《おこ》っている……もしくは、機嫌を損《そこ》ねている。

「い、いやだとか言うなよ。お前だって、人間と戦う気はないって言ってたじゃん」

「侵略《しんりゃく》してくるというなら、応戦するとも言っただろう?」

「侵略しないように説得するって言ってるんだろっ……ヘルムートのこと、心配だから言ってるのに」

後半は、ディールに聞こえないように、小声で言った。

じっとヘルムートを見上げる。

「…………分かった。夜までは時間をやろう」

ヘルムートはそう言うと、パイロープを連れて部屋を出て行った。

ルネはようやくホッと息をつく。

途端《とたん》。

「ルネ!」

「うわっ」

がばりと背後から抱《だ》きしめられて、ルネは慌《あわ》ててディールの腕《うで》を振り払《はら》う。

「す、すまない。俺のことを、そんなに心配してくれるのかと思ったらつい」

「いや、そういうわけじゃ……」

「しかし、心配しなくても、ここまでの間に俺も随分腕《ずいぶんうで》を上げたんだ。心配しなくても、必ず無事、魔王を討《う》ってみせる」

「だから！　そうじゃないんだって！」

ルネはそう言うと、大きなため息をついた。

「とにかく、落ち着いて、俺の話を聞いて欲しいんだけど」

「……分かった」

ディールはそう言うと、仕方ないというように頷《うなず》く。ルネはそこにあった木製の簡素な椅子《いす》に掛《か》ける。ディールももう一つの椅子に座った。

けれど、実際に話すとなると、一体どこから話せばいいか分からず、言葉に迷う。

「えっと……そもそも、どうしてディールはヘルムート……魔王を倒そうとしているんだ？」

「魔王だからに決まっているだろう？」

ヘルムートは何を当たり前のことをと言うように、あっさりと答えた。

気持ちは分かる。自分だって、最初はそう思っていた。

けれど……。

「どうして魔王なら倒さなきゃなんないのかって、訊《き》いてるんだよ」

「どうして？」

ディールが不思議そうに首を傾げる。

「魔王は何も悪いことはしてないだろ？　人間を襲ったわけでも、街を滅《ほろ》ぼしたわけでもない」

「たしかに……今のところはそうかもしれないな」

「これからだってそうだよ。魔族は人間と戦うことを望んでない。封印《ふういん》されていた件についても、復讐《ふくしゅう》とかは考えてないし……」

分かって欲しい。

ヘルムートが万全《ばんぜん》でないのは自分のせいだ。ヘルムートが、ルネに注いだ魔力《まりょく》を自分に戻《もど》さないと言うなら、他《ほか》のことで責任を取りたかった。ヘルムートや、封印が解けたことを喜んでいた魔族たちのために、今度こそちゃんと……自分の意思で力になりたい。

そんな気持ちが伝わったのだろうか。

「――ルネの言いたいことは分かった」

その言葉に、ホッとする。

「だけど、ルネのことはどうなんだ？」

「俺のこと？」

ディールの問いの意味が分からず、ルネは首を傾《かし》げる。

「ルネはどうしてここにいるんだ？」

「それは……」

その問いに答えようとして、思わず言葉に詰《つ》まる。

「自分の足で来たわけじゃないだろ？　魔族に、連れてこられたんじゃないのか？」

「……まぁ、そりゃ、そうだけど」

「やっぱりな。その上ずっとここに閉じ込められていたんじゃないか？」

「いや、確かにそうなんだけど、いや、ここっていうか、城の中なんだけど……」

どう説明すればいいか分からず、しどろもどろになってしまう。

自分がここにいるのは、一度死んだせいで、そもそも死んだのは魔王《まおう》の封印を解いたせい。それで、生き返るために魔王に抱《だ》かれて、ここに連れてこられました、なんて言ったら絶対におかしなことになる。

困っていたルネの手を、ディールがぎゅっと握《にぎ》った。

「ちょ……」

「魔王が世界に破滅《はめつ》をもたらす存在じゃなかったとしても、お前に仇《あだ》なす存在だというなら、それだけで俺には戦う理由になる」

「……いや、そういうのいいから……」

決め顔で言われても困る。

「そうじゃなくて、俺は別に戦って欲しくないんだって。たしかに、ここには好きで来たわけじゃないけど……今はそれなりに楽しくやってるから」

「ルネ……。自分が犠牲《ぎせい》になろうというなら、それは間違《まちが》いだ」

「…………」

悲しげな目で見つめられて、ルネは思わず遠い目になった。

――まったく話が伝わってない。

おそらくディールの中ではもう、ルネが囚《とら》われの姫君《ひめぎみ》的なポジションでロールプレイされてしまっているのかもしれない。

もともと思い込みの激しい男なのは分かっていたので、驚《おどろ》きはしないが、正直頭が痛い。

「だがもしも、ルネが一緒《いっしょ》に帰ることができると言うなら、俺も剣《けん》を引こう」

「……帰る？」

その言葉に、ルネはパチリと瞬《しばたた》いた。

村に帰れる。

それは、もう半ば諦《あきら》めたはずの選択肢《せんたくし》だった。

「ああ。一緒に村に帰ろう。それが許されるというなら、魔族《まぞく》たちの正当性も認める」

ディールの言っていることは、もっともだった。

ルネが犠牲になっていないというなら、自由にここを離《はな》れることができるはずだと言っているのだ。

ディールはルネの体の事情を知らないのだから、無理もないだろう。

ディールがヘルムートを倒《たお》しに来て、一緒に村に帰るという今の状況《じょうきょう》は、ルネも一度は考えたことだった。しかし、あのときはまだ自分の体が本当に、ヘルムートに生かされているのだという実感がなかったからこそ思いついたのである。

けれど、今は……。

「どうした？　帰りたくないのか？」

「俺……俺は帰れないよ」

ルネの言葉に、ディールの表情が固まる。

「でも、それは別にヘルムートの――魔王のせいじゃなくて、俺のほうの事情で……」

「ルネ、お前やっぱり洗脳されて……」

「違うよ！　そうじゃなくて」

やはり、きちんと事情を説明すべきだ。そう思って口を開いたのだが……。

ディールが、懐《ふところ》から何かを出したのは見た、と思う。

けれどそれが何かと考える前に、ディールが地面に向けて投げつけた。

あっという間に、眼前が白く染まる。

「何だこ……れ……？」

「ここを離れれば目が覚めるかもしれない。こんな手は使いたくなかったんだが」

くぐもった声。口元に布を当てているディールが視界の端《はし》に映ったのを最後に、ルネは意識を手放した。


ぱちんと、なにかが弾《はじ》けるような音がして、ルネはゆっくりと目を覚ました。

薄暗《うすぐら》い視界。背中が温かい。

「俺……何を……」

「目が覚めた？」

聞こえてきた声にハッとして、ルネはがばりと体を起こした。

「ディール……っ」

くらりと視界が揺《ゆ》れて、ルネは地面に手を突《つ》く。

――地面？

「ああ、まだ少し薬が残っているんだろう。強引《ごういん》な手段に出て悪かった」

薬という言葉に、ルネは自分に何が起こったのか思い出した。

どうやら、あのときディールが取り出したのは睡眠薬《すいみんやく》のようなものだったらしい。そのせいで、ルネはここに至るまでずっと眠《ねむ》っていたのだろう。

「謝るくらいならやるなよ」

そう言いながら、ゆっくりと辺りを見回す。

どうやら森の中のようだ。背中が温かかったのは、自分がたき火に背を向ける形で横になっていたからで、ぱちんという音は、木が爆《は》ぜた音だったらしい。

空は暮れなずみ、間もなく夜がやってこようとしていた。

ディールが来たのが午前中だったことを思うと、随分《ずいぶん》と時間が経《た》っている。

森の向こうには、まだ城にある塔《とう》の一部が見えていた。

あそこから森を見たときは、抜《ぬ》けることなんて絶対に無理だろうと思ったけれど……。

「ディール……俺は行けないよ」

ディールは驚いたような顔をしたあと、眉《まゆ》を顰《ひそ》める。

「どうしてそんなことを言うんだ？」

「――お前が知らないってことは、まだ知られてないのかな」

「……なんの話？」

「魔王の封印を解いたのが、俺だって話」

ルネの告白に、ディールが目を瞠《みは》った。

「本当なんだ。偶然《ぐうぜん》だったけど、俺が封印《ふういん》を壊《こわ》しちゃって……魔王が復活したのはそのせいなんだよ」

「まさか、そんな」

「それで責任を感じて……」

呆然《ぼうぜん》としながらもそう言ったディールにルネは苦笑《くしょう》し、頭を振《ふ》る。

「全然違《ちが》う。簡単に言うと、俺そのとき一度死んでるんだ」

「死んでる……？　何言って……お前は現に今ここに」

訳が分からないという顔をするディールを見ながら、最初は自分もそうだったなと思って、少しおかしくなった。

同時に、あれから大した時間が経ったわけでもないのに、自分の気持ちは随分と、変わってしまったのだと気付く。

村に帰れる可能性があると分かって、ようやく気付いた。

自分はもう、あの場所に帰りたいとは思っていない。

「魔王が助けてくれたんだ。今俺が生きてるのは、あいつのおかげ。だけど、まだ俺の体安定してないんだってさ。あいつにメンテ……じゃなくて、管理してもらわないとまた死んじゃうから」

ディールは何か考えるようにしばらく沈黙《ちんもく》していたが、やがて大きく息を吐《は》き出した。

「――分かった。体調が万全《ばんぜん》になるまでは、魔王《まおう》から離れられないっていうことだな？　それならとりあえずお前に問題がなくなるまでは待つよ。そしたら一緒に帰れるだろ？」

ディールの言葉に、ルネは頭を振る。

「どうしてだよ？」

「分かんないけど、俺はここでの生活、嫌《いや》じゃないんだ」

「嫌じゃないって……そんなのは惑《まど》わされているだけだ。閉じ込められて、自由を失って、そう思い込もうとしているだけなんじゃないか？」

確かにそういう話を自分も聞いたことがある。

けれど……。

「そうじゃないと思う。ただ、俺は……俺のせいであいつがまた封印されるなんて、絶対に嫌なんだ」

「どうして……なんでそこまで……。恩を返そうと思ってるのか？」

その言葉に、また頭を振る。

思い出すのは、ヘルムートが『これが、好きということなんだろう？』と言ったときの気持ちだ。

あのとき、確かに自分は嬉《うれ》しかったんだと思う。

「あいつ……ディールが来る前に、言ったんだ。俺が一緒にいるなら、魔力《まりょく》を全部渡してもいいって」


──お前のいない千年を生きるより、お前とともに一日を生きるほうがいい。

あれは、ヘルムートの本心だったと思う。

「俺も、多分同じ気持ちなんだ」

だから、勇者が来たと聞いてヘルムートの元まで走った。

ヘルムートに、死んで欲しくなくて……。

「ヘルムートのことが好きで、だからそばにいたいと思うし、ヘルムートが助かるためなら別に魔力なんか返して死んでもいいって思う」

結局は、そういうことだった。

いつから好きになっていたか分からないけれど、きっと少しずつ惹《ひ》かれていたんだと思う。

あの塔の上で、夕日を見たときから……。

「そんな……そんなの嘘《うそ》だ！　気の迷いだ！」

叫《さけ》ぶように言って、ディールがルネの腕《うで》を摑んだ。

動揺《どうよう》に揺れる瞳《ひとみ》が、ルネを見つめる。

「どうして……俺のほうがずっと…ずっと前からお前のこと、好きだったのに……！」

「………ごめん」

「っ……よりによって相手が魔王とか……そんなの、認められるはずないだろ！」

そう言うと、ディールが強引にルネを抱《だ》き寄せた。

「や、やめろよっ」

ルネは慌《あわ》ててその腕を振り払《はら》い、ディールを押し返したが、その反動で倒《たお》れ込んでしまう。

そこにディールがのしかかってきた。

「ディール！」

「本当に好きなんだ。ずっと……魔王を封印したら言おうって思ってた。お前が村で待っててくれてるって思ってたから、がんばれるって、ここまで……」

「そんなこと言われても……」

困る。

ディールの気持ちからずっと逃《に》げ続けていたことについては、悪いことをしたと思う。

今までは、誰《だれ》かを好きになるっていう気持ちが、ちゃんと分かっていなかったから……。

ディールが本気で自分を好きだと思ってくれていたなら、もっと早い段階でちゃんと決着を付けるべきだった。

とはいえ、罪悪感で押し倒されてやるほどお人好《よ》しではない。

必死でディールの手を振り払う。

意外にも、ディールはすぐに動きを止めた。

分かってくれたのかとホッとしたのだが、止めただけで上からどこうとはしない。

とに気付いた。

「しっ、静かに……」

口元を塞《ふさ》がれて、ルネは目を見開く。そして、どこからか鳥の羽音のような音が聞こえるこ
とに気付いた。

しかし、鳥にしては大きい。そう思ったときだった。

ばさばさと音を立てて、人影《ひとかげ》が降り立つ。

それも一つや二つではない。あっという間に二人は、取り囲まれてしまう。

最初、ヘルムートが助けに来てくれたのかと思った。

けれど、すぐにそうではないことに気付く。

「こんな魔王城の目と鼻の先で、人間の男と浮気《うわき》とはな。魔王様に対する侮辱《ぶじよく》も甚《はなは》だしい」

憎々《にくにく》しげにそう口にしたのは、ベリルだった。背中には二枚の大きな羽が生えていた。以前
見たときは気付かなかったが、マントの下にしまっていたらしい。羽音の原因はこれだったよ
うだ。

「やはり人間などに情けを掛《か》けるべきではなかったのだ！」

そう言ったのは、見たことのない魔族《まぞく》だったが、口ぶりからしてベリルと考えは同じのよう
だ。

「これで分かったであろう？　この者は魔王様の寵愛《ちようあい》をいただきながら、こうして勇者と通じ

ていたのだ」

「なっ……通じてなんて」

「黙《だま》れ！　予定通り、我々が駆《か》けつけたときには、すでに勇者の手にかかっていたと報告するとしよう。それでよいな？」

ベリルの言葉に、他《ほか》の者たちが頷《うなず》く。

それを確認《かくにん》し、ベリルは腰《こし》に付けていた剣《けん》を抜《ぬ》き放つ。

その剣が振り下ろされるより速く、ディールが動いた。さすがにここに来るまでに腕を上げたと言うだけのことはある。自分よりはるかにガタイのいいベリルの剣をいなし、撥《は》ね上げる。

「ルネ！　逃げろ！」

しかし、そう言われても、剣を向けているのはベリルだけではない。

四方八方を囲まれた状態で、どうやって逃げることができるのか。

しかも、ベリルの言葉からして、こいつらが狙《ねら》っているのは自分だ。むしろ、ディールは大義名分に使うために、巻き込まれただけだろう。

幸い、ベリル以外の者たちはまだ、ルネに直接襲《おそ》いかかることを躊躇《ためら》っているようだが、じりじりと包囲網《ほういもう》は狭《せば》まってきている。

その上一部の者は、ルネが襲い辛《づら》いからか、ディールへと攻撃《こうげき》を開始していた。

いくらディールが腕を上げたと言っても、複数から同時に攻撃されたのではたまらない。

「ぐっ」

やがて、ディールがうめき声を上げ、ルネはハッとしてそちらに視線を向けた。ディールの肩《かた》から血が噴《ふ》き出している。ベリルの剣先《けんさき》が、革鎧《かわよろい》ごと肩を切り裂《さ》いたらしい。

「ディール……！」

「大丈夫《だいじょうぶ》だ」

けれど言葉とは裏腹に、ディールの額には脂汗《あぶらあせ》が滲《にじ》んでいる。切られたほうの腕には力が入らないのだろう、徐々《じょじょ》に腕が下がる。ベリルはそんなディールに容赦《ようしゃ》なく打ちかかった。

ついにディールが膝《ひざ》を突《つ》く。

「やめろっ、狙いは俺なんだろっ」

それ以上見ていられずに、ルネは叫んだ。

「ああ、そうだ。だが、勇者の息の根を止めておかないことには、証言が食い違《ちが》う可能性があるからな」

にやにやと笑うベリルには、まだ余力があるようだ。

「お前はそのあと、俺自らがゆっくりと始末してやろう。他の者どもはまだお前に妙《みょう》な遠慮《えんりょ》があるようだからな」

そう、ベリルが言った直後だった。

「がはァッ」

突然《とつぜん》、ベリルがその場に倒れる。地面にぽたぽたと大量の体液が流れ落ちた。

「────その勇者についてはともかく、ルネを手にかけてよいと誰が言った？」

ばさりと音を立てて地面に落とされたのは、一枚の羽。たった今までベリルの背中に生えていたものだった。

その場の空気が凍《こお》り付く。

そこに立っていたのは、ヘルムートだった。すぐ後ろにパイロープも控《ひか》えている。

「ま、魔王様《まおうさま》……」

「申し訳ございません……っ」

口々に言い、魔族たちがその場に膝を折る。

「誰が言ったか、と訊《き》いているんだがな……まぁいい。お前らの処罰《しょばつ》はあとだ」

そう言うとヘルムートは何事もなかったかのように、ルネの前へと歩いてくる。

「約束の時間になっても戻《もど》らないから、迎《むか》えに来たぞ」

「……ヘルムートっ」

ルネは腕を伸《の》ばし、ヘルムートの胸に飛び込んだ。

かちかちと奥歯が鳴る。今頃《いまごろ》になって恐怖《きょうふ》が襲ってきた。

「怖《こわ》かった……っ」

「守ると言っただろう？」

ぎゅっと抱《だ》きついたルネの髪《かみ》を、ヘルムートがやさしく撫《な》でる。

「……うんっ」

額を擦《こす》りつけるように頷くと、ほろりと涙《なみだ》がこぼれた。怖かったからではなく、本当に来てくれたことが、守ってくれたことが嬉《うれ》しくて……。

「魔王様、この者は始末してよろしいですか？」

「うん？　そうだな……どうする？　ルネ」

促《うなが》されて顔を上げると、パイロープが手にしていたのはディールだった。

「は、離《はな》せ！」

「や、やめてあげて！」

じたばたと暴れるたびに、肩口《かたぐち》からだらだらと血が流れ落ちているのを見て、血の気が引く。

「ディールは俺を庇《かば》ってくれたんだよっ」

その前に押し倒されたことも思い出したが、今そんなことを言ったら殺されてしまう気がして、必死に言い募《つの》る。

「やめてやれ。ついでに人間の住んでいる辺りに捨ててこい。――それでいいだろう？」

迷ったけれど、ルネは頷いた。

ディールは勇者なのだから、人のいるところに送って貰《もら》えるなら、きっと治療《ちりょう》も受けられるだろう。

「俺たちは先に城に戻る。他の者たちの沙汰《さた》は追って言い渡《わた》す」

「かしこまりました」

パイロープはそう言うと、ディールの襟首《えりくび》を摑んだまま深々と頭を下げた。


「怪我《けが》はないな？」

「うん」

部屋に入るとベッドにルネを降ろしつつ、ヘルムートはそう言った。

「あ、俺地面に寝《ね》てたから、ベッド汚《よご》れる……」

「気になるのなら脱《ぬ》いでしまえばいい」

「なっ……」

ヘルムートの言葉に頰《ほお》がカッと熱くなる。けれど。

「……うん」

ルネが素直《すなお》に頷いたことに驚《おどろ》いたのだろう。ヘルムートが目を瞠《みは》るのを見て、思わず笑《え》みがこぼれる。

「……俺のことを好きだと言ったのは本当か？」

「えっ？」

今度はルネが目を瞠る番だった。

「なんでそれ……どこから聞いてたんだよ？」

確かにディールにそう言ったけれど、それはベリルたちに襲われるよりも前の話だ。ヘルムートが聞いていたとは思えないのだが……。

「最初からすべてだ」

「最初って……まさかずっとあそこにいたってこと？」

「そうじゃない。この指輪の力だ」

ヘルムートはそう言うと、ルネの左手を持ち上げた。そこには、以前ヘルムートに渡された指輪が嵌《は》まっている。

「これは付けている者の声が聞こえる指輪だ。所有者の居場所も分かる」

「マジか……」

言われて、ルネは指輪をじっと見つめる。まさかこれが盗聴器兼発信器《とうちょうきけん》だったとは……。

「ベリルたちはそれ……」

「知らなかったはずだ。俺の所有物であるという証《あかし》くらいに思っていただろうな。俺以外に知っているのは、パイロープくらいか」

「そっか、そうだよな」

知っていたら、さすがにルネを手にかけようとはしなかったに違いない。

ヘルムートがタイミングよく駆《か》けつけてきたのも、指輪のおかげだったのだろう。いや、しかしそんなものをずっと嵌めていたとは……。

「それで？　どうなんだ？」

「え？」

「ルネは俺のことが好きなのか？」

期待に満ちた目で見つめられて、ルネは羞恥《しゅうち》に視線を逸《そ》らす。

「………聞いてたんだろ？」

「何度でも聞きたい」

「ついこの間まで、好きって気持ちも分かんなかったくせに」

「今は分かる」

ヘルムートはそう言うと、ルネの頬に手を当て、ゆっくりと口づけた。

「お前が教えてくれた」

目尻《めじり》がやさしく撓《たわ》む。その幸せそうな笑顔に、少しだけ泣きそうになった。

「――――すき」

囁《ささや》くような声は掠《かす》れて、ひどく不明瞭《ふめいりょう》だ。

もう一度キスが落ちる。

「好き」

もう一度。

「好きだ」

好きの合間に何度も何度もキスをされて、ルネはそのままゆっくりとベッドに押し倒《たお》された。

「こんなにキスしたの、初めてだな」

思わず笑った唇《くちびる》に、またヘルムートの唇が触《ふ》れる。そして、そのまま少しずつ深くなる。

舌を絡《から》め、歯列をなぞられて、ルネはもぞもぞと膝《ひざ》を擦り合わせた。

今日は精気が切れているわけではない。だから、甘く感じるはずがないのに、今までで一番甘く感じた。感じたのは甘さだけではないけれど……。

「ん…っ」

ヘルムートの手が、ルネの下肢《かし》に伸びる。

ズボンを脱がされて、下着を取り去られると、そこはもうわずかに勃《た》ち上がっていた。

「キスだけで感じたのか？」

「あっ…」

ヘルムートはそう言うと、ルネのものをそっと撫でる。

そうして下肢を慰《なぐさ》めながら、ルネのシャツのボタンを外し、そのまま脱がした。あらわになった胸元《むなもと》に、唇を落とす。

「ん……んっんっ」

初めての舌での愛撫《あいぶ》に、ルネは体を震《ふる》わせる。

そこはまだ昨日の行為《こうい》のせいで、少し赤みを帯びて、敏感《びんかん》になっていた。

柔《やわ》らかく濡《ぬ》れた舌でゆっくりと舐《な》められて、くすぐったいような快感が沸《わ》き上がってくる。

ちりちりと少し痛むのは、一日尖《とが》ったままシャツに触れていたからだろうか。

けれど、いやではない。むしろ丁度いいスパイスだった。

「あ……」

ちゅっ、と音を立てて吸い上げられると、ヘルムートの手の中のものが反応する。

ぴくんぴくんと震えるたびに、羞恥で頬が染まった。

「お前の体は、感じやすいな」

「だ……誰《だれ》のせいだと……あっ」

「俺だろうな。そうでなければ許さない」

「んっ」

尖った乳首《ちくび》に軽く歯を立てられて、ぎゅっと膝を寄せた。

「気持ちがいいのか?」

「じんじんする……」

頷《うなず》いて、そう口にすると、ヘルムートはますますそこを攻《せ》め立てる。舌で刮《こそ》ぐように舐め、吸い上げ、押し潰《つぶ》す。

そのどれもに、ルネは甘い声をこぼし続けた。

どうしてこんなに気持ちがいいのか分からない。昨日よりももっと、自分の体は敏感になっている気がした。

精気が欲しいわけでもないのに……。

「ここもうとろとろになってるな」

ぐちゅりと音を立てて、ヘルムートの手がルネのものを軽く扱《しご》く。

そして……。

「あっ、ああ…っ」

体を起こしたヘルムートは、そのまま下へと下がり、手の中で震えるものへと口を付ける。

「だめっ……や…っ、汚《きたな》い…から…っ」

「そう思うなら、あとで風呂《ふろ》に入ろう」

「ち、ちが…っ、舐められるのがじゃなくて…あ、ああっ」

今口を付けているものが汚いのだと言いたい。けれど。

「ああっ、うっ、や、あぁっ……」

口でされるのは初めてで、ルネはその快感に逆らえなかった。

温かい場所で締《し》めつけられて、ただ高い声をこぼし、縋《すが》るようにシーツを握《にぎ》る。その上、後

にされた。

ろにも指が入り込んでくる。

だらだらとこぼれるものを中に塗《ぬ》りつけるように、指が動く。中も外も全部、ぐちゃぐちゃ
「あっ、気持ち……ぃよぉっ……」

自然とヘルムートの口に押しつけるように、腰《こし》が動く。

それでも、ヘルムートの口に出すのは抵抗《ていこう》があった。徐々《じょじょ》に絶頂が近づくにつれ、ルネはシ
ーツからヘルムートの肩口《かたぐち》へと手を移動させ、なんとかやめさせようと身を捩《よじ》る。

「ヘルムート……っ……ヘルムート……っ、も、だめ……っ」

しかし、ヘルムートにはやめる気はないらしい。ルネの焦《あせ》る表情を楽しげに見つめ、見せつ
けるように唇で扱く。

「お願い……っ、も……だめっ……イク……から……っ」

イケばいい、とそう言うように、ヘルムートの舌が先端《せんたん》を抉《えぐ》った。

「っ……んぅう……っ……」

結局、我慢《がまん》できず、ルネはそのままヘルムートの口の中に出してしまう。

呆然《ぼうぜん》とするルネの前で、ヘルムートはようやく口を離《はな》すと、ゴクリとそれを呑《の》み込んだ。

「ば……っ……ばかっ、何……飲んでんだよ……っ」

「別にいいだろう？」

「よくな……んんっ、ちょっ…人の話を……」

左足の膝裏《ひざうら》をぐいと持ち上げられる。中に入っていた指が、途中《とちゅう》まで引き抜《ぬ》かれ、ゆっくりと広げられた。

指で引き伸《の》ばしながら、今度はその隙間《すきま》にヘルムートが顔を近付ける。

「だ、だめ…っ、そっちはほんとに……ひっ」

生温かい舌の感触《かんしょく》を中で感じて、ルネは悲鳴を上げた。

「やっ、あっ、そんなとこ……」

くちゅくちゅと音を立てて、中を濡らされる。

こんなのはだめだと思うのに気持ちがよくて、でもやっぱり恥《は》ずかしくてたまらなかった。

だが、その羞恥がますます快感を煽《あお》っていく。

もう早くして欲しくて堪《たま》らなくなった。

「ヘルムート…っ、も、入れて…ぇっ」

ルネの中ではもう、ヘルムートのものを入れてもらって、中で出してもらうことが行為の終着点として完全にインプットされている。

気持ちがよければよいほど、ヘルムートのものが欲しくて仕方がなくなってしまう。

「ヘルムートのが……欲しい…っ」

泣きながら強請《ねだ》ると、ヘルムートがようやく顔を上げた。

「そんなに欲しいなら、自分で入れてみるか？」

「……っ……」

ぐいと腕《うで》を引かれて、ヘルムートの足の上に乗せられる。

「欲しくないのか？」

意地の悪い問いに、ルネはきゅっと唇を噛《か》み、膝立ちになってヘルムートを跨《また》いだ。

ヘルムートの肩に左手を置き、右手でヘルムートのものに触れる。

「あっ……」

触れた途端《とたん》、ルネは思わずパッと手を離した。

すごく熱いものに触れたような、そんな感じがして……。

正直、こんなものが自分の中に何度も入ったとは思えなかった。

けれど、怖《こわ》いとは思わない。むしろ、早く自分の中をいっぱいにして欲しいと思ってしまう。

自分がひどくいやらしく思えた。

後ろ手にもう一度、ヘルムートのものに触れる。

「んっ……」

ゆっくりと腰を降ろす。太ももに当たったそれをそのまま奥へと誘導《ゆうどう》する。

「あ……」

押し当てて、思いきって腰を落とす。

「入って……くる……っ」

自分の中が、開いていくのが分かる。

太い部分が入りきって、思わずホッと息をついた途端……。

「んあ…っ、あー…っ」

ヘルムートがぐっと腰を突《つ》き上げ、衝撃《しょうげき》でルネの膝《ひざ》が崩《くず》れる。

深い場所まで一気に入り込まれて、ルネはただ震えることしかできなかった。

「ひ、ど……っ」

「手助けしたつもりだったんだがな」

ヘルムートはそう言うと、そのままルネの中をゆっくりと突き上げる。

「あっ、ああ…っ」

ルネはヘルムートの肩《かた》に腕を回し、縋り付く。

いつもの、飢餓《きが》を慰《なぐさ》められるような感覚はない。

けれど、なんだろう？

いつもより、もっともっと満たされているような、そんな気がする。

「ヘルムート……っ、好き…好き…っ」

自然と言葉がこぼれた。

途端に、ヘルムートがピタリと動きを止める。

「ヘルムート…？」

どうしたのかと、ルネは首を傾《かし》げたのだが……。

「俺も好きだ……っ」

「あっ…ひああっ」

中に入れたまま、ヘルムートがぐるりと体勢を入れ替《か》える。

ベッドに押し倒《たお》されて、両足を抱《かか》え上げられて、信じられないほど深い場所まで激しく突き入れられた。

快感に歪《ゆが》むヘルムートの顔を見上げながら、ルネもまた激しい快感に流されていく。

そうして、激しい律動の末、二人は同時に絶頂を迎《むか》えたのだった……。

「やだ」

「なんでだ？」

「やなもんはやだ。っていうか、まだ昼間だろ！　お前ちゃんと仕事しろよ！　ていうか、俺まだ飯食ってるだろ！」

言いながらルネは、小さく千切ったパンを口に運ぶ。

○

——ヘルムートとルネが思いを確認《かくにん》してからすでに半月が過ぎた。

あれ以来、ヘルムートは隙《すき》あらばルネに触《さわ》ろうとしてくる。ルネだって、それが夜、ベッドの中ならば構わない。

むしろ自分から欲しがるときもある。

けれど、昼間から、しかもパイロープのいる前でとか、本当に勘弁《かんべん》してほしい。

パイロープはヘルムートが誘《さそ》いを掛《か》けることに関しては文句を言わないが、ルネが拒《こば》むとお前にそんな権利があると思っているのかと言わんばかりに睨《にら》み付けてくる。

そのくせ、たまに二人になると、ルネのせいで仕事が滞《とどこお》って仕方がないなどと言うのだから始末が悪い。

「お前、最近俺に冷たくないか？」

「つ、冷たくないだろ？」

むしろパイロープの視線のほうがよっぽど冷たい。

「昨夜だってお前が――」

「俺が？　なんだ？」

「なんでもないっ」

にやにやと楽しそうに笑うヘルムートを見て、どうやらからかっているだけだと気付き、口を噤《つぐ》む。

昨夜はヘルムートがどうしてもと言うから、顎《あご》が痛くなるまでヘルムートのものを口でしてやったのだ。おかげで今日はパンを嚙むにも顎が痛む。

これで冷たいなどと言われては、たまったものではない。

「俺は一刻も早くルネを魔族《まぞく》にしたいんだ。そのためなら一日中お前を抱《だ》いていたいのを、お前がいやだと言うから譲歩《じょうほ》しているんだぞ」

「そ、それは……俺だって、魔族になりたくないわけじゃないよ？　けど、い、一日中とか、そんなのだめだろ。王様なんだから、ちゃんと仕事もしないと」

ルネの体はすでにかなり魔族に近づいていて、一ヵ月ほどならヘルムートと離《はな》れてもまったく影響《えいきょう》がないほど魔力《まりょく》が溜《た》まりつつあるらしい。

らしいというのは、毎晩のように抱かれていて精気切れになることがなく、はっきりと確認できていないためだ。

だが、ヘルムートが言うには完全に魔族になるには、もう少し時間がかかるようだ。

そのためにはできるだけヘルムートに抱かれて、魔力を供給されたほうがいいというのだが……。

ルネは仕方なく、パンを置くと、ヘルムートの手を握《にぎ》った。

「……よ、夜になったら、好きなだけしていいから」

小声で、ヘルムートの耳に囁《ささや》き、頬《ほお》にちゅっとキスをする。

「本当か？」

「……うん」

恥《は》ずかしくて仕方ないが、求められて嬉《うれ》しくないわけではない。

抱かれているときや、直後は、こんなにエロいことばかりしていたら頭がおかしくなるんじゃないかと思うし、体が壊《こわ》れると思うくらい激しかったりもするのだが、実際はルネは魔力を供給される側なので、一晩寝《ね》ればむしろ元気になるほどだ。

ヘルムートが付き合えと言うなら、無理な話ではなかった。

「楽しみにしていよう」

ようやく機嫌《きげん》が直ったらしいヘルムートに、ホッとしつつ、再びパンを手に取り、あまり噛《か》まなくてすむように小さく千切る。

「そういえば、儀式《ぎしき》の話ってどうなったんだ？」

「ああ、準備は着々と進んでいるぞ。魔族が全員目を覚ますまでには間に合うだろう」

「そっか」

体的な意味ではなく、魔族の一員になるための儀式があるとヘルムートに言われたのは、一週間ほど前のことだ。

どうやら、魔族全員の前で、ルネが魔族になったことを表明するらしい。

それで、魔族たちに受け入れてもらえるというなら、ルネにも異存はなかった。

そんな話をしていると、何かあったのか、珍《めずら》しく食堂に魔族が駆《か》け入ってくる。

「どうした？」

パイロープが男に近づく。

しばらくすると、男は出て行き、パイロープが戻《もど》ってきた。

「魔王様《まおうさま》、また来たそうです」

「またか。あいつも懲《こ》りるということを知らない男だな」

ヘルムートが呆《あき》れたように笑う。

「ひょっとして、ディール？」

ルネの問いに、パイロープが頷《うなず》く。

思わず、ルネはため息をこぼした。

ディールはあれ以来、ルネの説得にたびたびやってきては強制送還《そうかん》されているのである。

「この際ですから、勇者も儀式に呼んで引導を渡《わた》して差し上げてはいかかです？」

「儀式で引導？」

パイロープの提案に、ルネは首を傾げる。

確かに、ルネが完全に魔族になったと分かれば、諦《あきら》めがつくかもしれないが……ディールの性格ではどうだろうか？

相当しつこいタイプなのだが……。

「それもいいかもしれんな。ルネが完全に俺のものだと分かれば、さすがに諦めるだろう」

「だといいけど……魔族になったからってヘルムートのものになったとは、伝わらないんじゃないかな？」

ルネの言葉に、奇妙《きみょう》な沈黙《ちんもく》が落ちる。

「――魔王様、きちんと説明されていないんですか？」

「したつもりだが。魔族の一員になるための儀式だと……」

そう言いながら、ヘルムートが視線を逸《そ》らしたのをルネは見逃《みのが》さなかった。

「……あ、私は勇者を追い払《はら》って参りますので」

パイロープもまた、何かを感じ取ったのかそう言ってそそくさと食堂を出て行く。

「……ひょっとして、なんか隠《かく》してる？」

「別に、隠していたわけじゃない。黙《だま》っていただけで」

「それを隠してるって言うんだろ！」

そう言うと、ルネはため息をついて、じっとヘルムートを見つめる。

「それで？　何を黙ってたんだよ？」

「儀式は、魔族の一員になるためだと言っただろう？」

ヘルムートは諦めたのか、案外あっさりと口を開いた。

「聞いたけど」

「つまり、俺と婚姻《こんいん》することで正式にお前を魔族に迎《むか》えるための儀式だ」

「それって……まさか結婚《けっこん》式ってこと⁉」

「そうとも言うな」

しれっと言われて、ルネは思わず頭を抱《かか》える。

「そうとも言うじゃないだろ……」

「結婚式だと言えば嫌《いや》がるのではないかと思ってな」

「分かってるならやめろよ！」

なんか前にもこんなやり取りあったなと思いつつ、ルネはそう突《つ》っ込んだ。

「魔族全員の前で結婚式とか……死にそうなんだけど」

「大丈夫《だいじょうぶ》だ。魔族はそう簡単に死んだりしない。何があっても俺が守る」

「……そういう意味じゃない」

力なく呟《つぶや》いて、ルネはもう一度ため息をつく。

——結婚式とか恥ずかしくて絶対に嫌なんだけど……。

ヘルムートがどうしてもと言ったら、聞いてしまいそうな自分がいる。

それが一番、憂鬱《ゆううつ》かもしれなかった。

平穏《へいおん》な日々はまだ遠そうである。

あとがき

はじめまして、こんにちは。天野かづきです。この本をお手にとってくださって、ありがとうございます。

このところ寝《ね》るときに羽毛布団《うもうふとん》では暑いし、タオルケットでは寒いし……という感じだったのですが、羽毛布団で寝《ね》ていたらベッドから蹴《け》り落としていたらしく、まんまと風邪《かぜ》を引きました。すぐ暑くなるだろうしなぁなんて思わずに、肌掛《はだか》け布団を買うべきでした。というわけで、反省と共にポチッとネットで購入《こうにゅう》。これで快適な眠《ねむ》りが訪《おとず》れるといいのですが……。

今回は、魔王《まおう》×村人Aのお話です。現代日本の記憶《きおく》を持った受が、古き良きRPGのような世界に転生し、そこで魔王に迫《せま》られるという内容です。わたしは魔王に迫られるというと、世界の半分をくれるのかと思ってしまう世代なのですが、ちゃんと性的な意味で迫られているのでご安心（？）ください。

今回、イラストのほうは陸裕千景子先生が描《えが》いてくださいました。本当にありがとうございました。表紙と口絵のほうはすでに拝見したのですが、とても美しくて、見ているとため息がこぼれます。ラフでいただいている本文イラストが見られる日が、今からとっても待ち遠しいです。

そして今回もまた、担当の相澤さんには、お忙《いそが》しい中大変お世話になりました……。いつもいつも本当にありがとうございます。これからもよろしくお願いいたします。

最後になりましたが、この本を手に取ってくださったみなさまにも、心からお礼申し上げます。本当にありがとうございました。少しでも楽しんでいただけたなら幸いです。

それでは、みなさまのご健康とご多幸、そして再びお目にかかれることをお祈《いの》りしております。

二〇一四年　五月　　　　天野かづき

KADOKAWA RUBY BUNKO

村人《むらびと》A《エー》は魔王《まおう》の嫁《よめ》です。
天野《あまの》かづき

角川ルビー文庫 R97-39　18637

平成26年7月1日　初版発行

発行者——山下直久
発行所——株式会社KADOKAWA
東京都千代田区富士見2-13-3
電話(03)3238-8521(営業)
〒102-8177
http://www.kadokawa.co.jp/
編　集——角川書店
東京都千代田区富士見1-8-19
電話(03)3238-8697(編集部)
〒102-8078
印刷所——旭印刷　製本所——BBC
装幀者——鈴木洋介

ISBN978-4-04-101707-4　C0193　定価はカバーに明記してあります。

騎士の溺愛
天野かづき
漫画&イラスト◆海老原由里
魔王を倒して帰還した
元勇者（＝大学生）――。
なぜか異世界に
素っ裸で「再」トリップ!?
異世界に召喚され勇者として魔王を倒し元の世界に戻った大学生・凪。異世界で騎士・カイルに失恋したはずなのに、ある日なぜか素っ裸でカイルのベッドにいて!?
海老原由里★
描き下ろし漫画
収録♪

ルビー文庫

獅子の王様
獅子の顔をした王様とHって…!?
——これってまさか獣●!?
異世界に飛ばされたセツは、呪いで獅子顔になった王様・クレインに、人間に戻るために必要だからと抱かれてしまって——!?
天野かづき
イラスト◆海老原由里

ルビー文庫

青年×狼が贈るあやかし花婿奇譚!!
狼の婿取り
天野かづき
イラスト 陸裕千景子
「俺が入れてもいいの?
それとも俺に入れる?」
絵本作家の皆瀬は、狼の琥珀にとって行き倒れていたところを
拾ってくれた恩人。だけど琥珀が妖であることは皆瀬にも秘密だ。
ある日、酔った皆瀬にキスをされてしまった琥珀は人に変化してしまい…!?